AESSA,

ou

LES TARTARES
DU STEP.

Deux exemplaires de cet ouvrage ont été déposés à la Bibliothèque impériale.

Tous les exemplaires seront signés de ma main ; ceux qui ne porteraient pas cette marque, seront réputés être le produit de la contrefaction.

J. B. Pérrieu
fils aîné

AESSA,

OU

LES TARTARES

DU STEP,

ROMAN MORAL;

Par J. B. PÉVRIEU fils aîné.

A BORDEAUX,

CHEZ ANDRÉ BROSSIER, IMPRIMEUR,
RUE ROYALE, N°. 13.

M. DCCC. VIII.

PRÉFACE.

EN écrivant le roman d'Aessa, je me suis préparé à essuyer l'attaque de tous les genres de critique ; mais il me semble convenable d'essayer de conjurer l'orage, en faisant connaître quels sont mes moyens de défense, avant que l'heure du combat ait sonné. Je crains, je l'avoue, une lutte où le nombre des adversaires est souvent plus redoutable que le poids de leurs raisons.

On reprochera sans doute à mon ouvrage de représenter une des principales héroïnes sous quelques traits de l'Atala, parce qu'elle est chrétienne comme elle au milieu des idolâtres, et qu'elle habite le désert.

Je répondrai, que je suis loin d'avoir la présomption de vouloir dessiner une scène déjà tracée de main de maître, et de prétendre opposer aux peintures sublimes de M. de Chateau-

briant, les faibles esquisses d'une plume encore
novice , j'ai voulu seulement me procurer le
plaisir d'envoyer un de nos philosophes en Tartarie, pour y être rappelé par une jeune sauvage, à ces vérités excellentes qu'il avait contribué à obscurcir dans sa patrie. On voit que
le sujet de mon roman est déjà, pour ainsi
dire, aussi éloigné de celui de l'illustre auteur
du génie du christianisme, que le Step est dis-
tant du Canada.

On me dira : mais la vraisemblance n'est
pas observée dans la multitude des aventures
dont votre livre est rempli.

Je répondrai aux critiques, que s'ils se rap-
pelaient les diverses histoires de tant d'exilés
en Sibérie, qui se sont évadés comme par miracle, le sort étrange de la famille de Menzi-
cow, la prison du baron de Trenck, et mille
autres faits de cette nature, ils ne trouveraient
pas que j'aie mis de l'exagération dans le vo-
lume que j'offre au public. D'ailleurs, pour
en finir avec ces Messieurs, je leur observerai
que je suis jeune, et peut-être trop facile à
laisser égarer mon imagination ; alors on me
pardonnera d'avoir adopté le genre de ces ro-
manciers féconds en événemens extraordinai-

res, comme Prévost ét Lewis, *ou, si l'on veut,*
le goût anglais.

Peut-être que je m'alarme en vain, et que
l'on ne m'honorera pas de quelques chicanes
littéraires, ou bien que l'on se saisira, avec
justice, de ce que mon amour propre m'empêche de voir défavorablement dans mon premier essai. En effet, j'appréhende que quelques incorrections de style et divers défauts
dans le plan, ne donnent prise contre moi,
en jetant de la défaveur sur mes pauvres Tartares. Ici je demande indulgence : que mes lecteurs se souviennent de ce que je leur ai dit
de ma jeunesse et de la vivacité de mon caractère.

Je crois devoir sérieusement conjurer les bons
esprits, de remarquer que si j'ai répandu dans
ce livre plusieurs traits de morale, et appelé
la religion pour l'appuyer, ce n'est point que
j'aie cru pouvoir me permettre de faire servir
des objets aussi vénérables, à décorer un roman sans conséquence : jamais, j'ose l'espé-
rèr, je ne prendrai la licence de parler légèrement de ce que je fais profession de respecter. Que l'on veuille donc réfléchir, en lisant
Aessa, qu'il n'y a point de témérité de la part

*d'un écrivain honnête, à mêler les leçons de
la vérité la plus sévère, aux agréables illu-
sions d'un tableau décent dans toutes ses parties, pourvu que ce soit sans confusion, et en
évitant avec soin de soumettre les dogmes à
l'examen ou à la comparaison. Je crois inutile
de rapporter les exemples sans nombre d'une
pareille manière d'agir, on les trouvera dans
des auteurs très-respectables, qui n'ont pas fait
difficulté de mettre le langage le plus pieux dans
la bouche des personnages que leur imagination
avait créés.*

*Je termine, en formant le souhait que mon
ouvrage soit lu avec l'intention de ne pas me
juger légèrement ; et qu'en considération de
tout ce que je viens de dire, on veuille applau-
dir à ce qu'il aura de bon, sans me découra-
ger en sifflant ce qui semblera mauvais.*

AESSA,

ou

LES TARTARES

DU STEP,

ROMAN MORAL.

J'ai pour voisin un jeune homme, nommé *Desrosier*, qui habite, depuis quelques mois, une maison de campagne près de la mienne, dans les environs de Bordeaux. Dès le premier abord je m'aperçus que sa manière de vivre était analogue à celle que j'avais adoptée ; ses mœurs me parurent simples et honnêtes, son esprit juste et élevé, sa conversation intéressante ; je me promis de tirer parti de cette rencontre, en essayant de former une société agréable avec lui, et je m'empressai de cultiver sa connaissance. Mon espoir n'a point été déçu, notre occupation fa-

vorite est de resserrer tous les jours davantage les
liens de l'amitié qui nous unit.

La famille de Desrosier est composée de cinq
personnes, son épouse qu'il nomme *Aessa,* un
fils âgé d'environ treize ans, qui porte le nom
étrange de *Shi-ed-kali,* deux filles jumelles plus
jeunes, et la mère d'Aessa que j'ai entendu ap-
peler *Tarella.* La singularité de ces noms, et la
remarque que je fis que l'épouse de mon voisin
et ses enfans se servaient entr'eux d'un idiome
barbare, qui n'avait nulle ressemblance avec les
langues de l'Europe, me firent imaginer qu'il y
avait quelque chose d'extraordinaire dans l'histoire de cette famille. Je ne me trompai point dans
mes conjectures ; bientôt quelques mots échap-
pés à mon nouvel ami, changèrent mes soupçons en certitude, et piquèrent violemment ma
curiosité : je résolus de chercher à la satisfaire,
aussitôt que je pourrais, sans indiscrétion, prier
Desrosier de m'instruire de ses aventures. Je saisis
effectivement la première occasion de solliciter
de lui cette complaisance; il acquiesça sans difficulté à ma demande. Un soir que nous étions
réunis sous un berceau de verdure pour jouir de
la fraîcheur de la nuit, je lui rappelai sa pro-
messe; il commença son récit en ces termes :

Je suis né à Bordeaux quelques années avant
la révolution. J'étais encore fort jeune, lorsque
la mort de mes parens me laissa possesseur d'une
fortune immense. Dès que je fus maître de dis-
poser de mes biens, je voulus jouir de tous les
avantages que procurent de grandes richesses, et
paraître dans le monde avec distinction. Bientôt
je fus entouré d'une foule de parasites qui m'eni-
vrèrent de louanges et corrompirent mon cœur;
c'étaient presque tous des gens entêtés des opinions dont l'assemblage formait ce que l'on ap-
pelait alors *Philosophie*. L'exemple de quelques
hommes marquans donnait une grande autorité
à cette nouvelle doctrine ; il paraissait flatteur de
considérer avec eux, comme des préjugés, les
obstacles que la morale d'une religion sainte et
sévère oppose aux passions : ils répétaient dans
tous leurs écrits, qu'il suffisait, pour se conduire
sagement dans le monde, d'écouter les avis de
sa conscience, comme si la source de ce sentiment intérieur n'était pas dans les principes dont
ils voulaient secouer le joug.

Je me laissai facilement entraîner dans ce tour-
billon, qui me semblait ne devoir déraciner que
les abus, mais qui devait en effet renverser l'édifice de l'ordre social, faire disparaître pour un

temps la foi de nos ancêtres, et qui, abandonné
à son mouvement dévastateur, aurait replongé
le monde dans la barbarie que les travaux des
siècles passés avaient éloignée avec tant d'efforts.
Je finis par me croire un philosophe : je décla-
mai contre cette croyance, qu'il était du bon air
d'attaquer de toutes ses forces ; je ne voulus voir
en elle, à l'exemple de mes maîtres, que les
torts dont l'avait chargée le fanatisme dans quelques circonstances particulières, et à l'égard de
quelques esprits superficiels. Je considérai éga-
lement l'autorité légitime comme un attentat à
la liberté naturelle, sans réfléchir à cette vérité si simple, que l'indépendance de l'être isolé
et borné dans ses besoins, ne convient point à
l'homme réuni avec ses semblables ; et que la
société ne peut exister sans une puissance protectrice qui réprime le poids du fort sur le faible, et soit en état de faire équilibre avec les
corps sociaux extérieurs, afin de maintenir l'ordre au-dedans, ainsi que la majesté du système
politique au-dehors. Je contribuai donc autant
qu'il était en moi, bien plus par ton que par
conviction, à attaquer les institutions les plus
respectables. Cet esprit de vertige était alors épi-
démique. La popularité des chefs de la secte

prétendue philosophique, les sarcasmes dont ils
accablaient ceux qui ne se pressaient pas de se
débarrasser de ce qu'ils appelaient des préjugés,
l'arme du ridicule, si puissant sur les esprits
faibles, tout contribuait à l'extension des idées
nouvelles. Les désastres les plus affreux devaient
nécessairement résulter de cette perversité éton-
nante ; enfin l'explosion de ce volcan révolu-
tionnaire arriva. La France, foyer malheureux
de l'éruption, fut dans le plus court espace to-
talement bouleversée.

La plus vile partie du peuple, séduite ou en-
trainée par de vaines promesses, crut travailler
à la régénération générale, en s'efforçant de dé-
truire. L'on criait de toutes parts, *liberté, éga-
lité, tolérance,* sans voir que ces mots, en-
tendus dans un sens qu'ils ne doivent jamais
avoir, ne servaient qu'à allumer la fureur des
gens qui croyaient avoir été exclus de leurs
droits jusqu'alors.

Les personnes que leur imprudence avait porté
à fomenter les troubles, dans la vue d'un changement avantageux, furent les premières victimes de cette rage populaire; je faillis moi-même
à éprouver le même sort. L'on me donna, je
ne sais trop pourquoi, la dénomination d'*aris-*

B

tocrate, et il fut question, parmi mes bons voisins, de me pendre à la première lanterne, sans autre forme de procès. Prévenu à temps, je me sauvai avec précipitation, après avoir heureusement réalisé une partie de ma fortune.

Je parvins sans passeport, et comme par miracle, à Bayonne, d'où un pêcheur que je gagnai, me jeta sur les côtes d'Espagne. Je devais être corrigé par l'expérience ; mais hélas ! les mauvaises impressions sont plus fortes, parce qu'elles sont plus analogues à notre nature, et s'effacent plus difficilement que les bonnes ! Je prétendis un jour dans un lieu public, à Bilbao, que la révolution française eût été salutaire, si le but n'en eût pas été manqué : assurément j'aurais eu raison, si j'avais ajouté que le peuple n'eût point dû avoir de part à ce changement. Si j'eusse soutenu que le gouvernement lui-même aurait dû prendre assez d'énergie pour réformer certains abus, et ranimer le respect que l'on commençait à lui refuser, ou bien, si j'avais dit, que puisque la Providence avait voulu que ce fût le peuple ou ses représentans qui changeassent la face de l'état, ceux-ci devaient se servir de leur pouvoir pour affermir celui du monarque, en se bornant seulement à chercher

les moyens de réparer les maux qui avaient nécessité leur assemblée, et qu'ils devaient aussi
faire usage du grand ressort de la religion, au
lieu de le briser.

Loin de faire des exceptions aussi raisonna-
bles, j'oubliai quelle était la nature du gouvernement sous lequel je me trouvais, j'attaquai
sans ménagement l'absolu pouvoir du roi, et
celui, peut-être plus grand encore, du clergé.
La discussion, qui jusqu'alors avait été très-
échauffée, tomba d'elle même. Personne ne
répondait plus à mes argumens. Je m'aperçus
enfin de mon imprudence. Les émigrés Français avec qui j'étais ne disaient plus le mot;
les Espagnols étaient sortis sans bruit. Un offi-
cier Catalan qui resta, eut cependant l'honnêteté
de me prévenir du danger; il me parla de la
police, de l'inquisition, et finit par me con-
seiller de partir sur le champ, en me promettant de me recommander à Barcelonne, si je
voulais y aller, afin de m'embarquer pour l'Ita-
lie ou tel autre lieu que je jugerais convenable.
Je suivis son avis, et j'ai su depuis que j'avais
pris le meilleur parti. Je m'acheminai donc à
grandes journées vers la Catalogne. Arrivé à Barcelonne, je cherchai à trouver un bâtiment qui

fût prêt à partir ; un seul était disposé à mettre à la voile ; il allait à Cherson , port sur la mer Noire, dans la petite Tartarie. De-là je pouvais facilement pénétrer dans l'intérieur de la Russie : les Français étaient bien accueillis dans ce pays ; je partis. Notre navigation fut sans danger ; en peu de jours nous traversâmes le détroit des Dardanelles. Je vis, en passant, la capitale de l'empire Ottoman ; et cinq jours après, nous arrivâmes à Cherson. Je ne choisis point Péters-bourg ou Moscow pour mon séjour ; mais d'a-près ma façon étrange de penser, je préférai Kasan , sur les confins de l'Europe et de l'Asie. Je m'y rendis par Siecza et Taganrock, où je remontai le Don , jusqu'au canal qui le joint au Wolga , que je remontai aussi jusqu'à Ka-san , ville située sur le bord de ce fleuve.

En ce lieu, environné de Tartares, je m'ima-ginais trouver des hommes plus près de la na-ture, des peuples pasteurs avec des mœurs pa-triarcales. Il s'en faut bien que ce tableau soit celui de la vérité! Ces nations ont, il est vrai, la manière de vivre des premiers hommes ; mais de-là même naît une âpreté barbare, qui ne donne pas une bonne idée de la vie errante et agreste des habitans primitifs du monde. Cependant les Nogais d'entre le Don et le Wolga ne sont pas féroces, et mon esprit philosophique se persuada que s'ils n'avaient pas entièrement la bonhomie de l'homme sauvage, la civilisation vers laquelle ils ava'ent fait quelques pas, pouvait en être la cause.

Je demeurai quelques mois à Kasan, non sans faire quelques incursions dans les pays voisins, pour examiner leurs habitans. Au bout d'un an je reçus de l'intérieur de la Russie des nouvelles de la France. Le délire y était à son comble. L'attentat le plus affreux y avait été commis. Toute l'Europe s'était unie pour opposer une digue à l'effervescence des Français, et s'il était possible, dompter une nation qui paraissait tomber de jour en jour dans un abyme d'horreur, d'où l'on était loin de penser qu'elle pût jamais se retirer. Elle résistait cependant à tous les efforts combinés des puissances coalisées, par l'effet de son enthousiasme, quelque mal-habiles que fussent les mains qui tenaient les rênes de son gouvernement, malgré les déchiremens intérieurs et l'affreuse misère qui la dévorait.

Sur ces entrefaites, les Français qui se trouvaient à Kasan, reçurent un ordre émané de la cour, qui leur enjoignait de sortir sur le

champ de la Russie. Chacun chercha de son
côté un asile : quant à moi, je pris la détermination la plus surprenante qu'il se puisse
imaginer. Je m'arrête ici, pour vous prier de
m'excuser si je passe avec rapidité sur une foule
de circonstances dont je n'ai conservé qu'un
souvenir confus ; je ne fixerai votre attention
que sur les faits les plus importans : le reste
n'occupera dans mon récit qu'une place acces-
soire.

Je pris donc la résolution d'errer quelques
années dans la Tartarie indépendante, muni de
quelques diamans , objets d'échange facile chez
tous les peuples de l'Asie. Mon dernier projet
était de m'établir chez les Kalmuts , si leurs
mœurs me convenaient , ou bien de traverser la
petite Bukarie et le désert d'Jma , afin d'aller
dans les Indes ou en Perse, si alors je le jugeais
à propos.

Je parlais un peu le tartare. Depuis dix-huit
mois je m'étais appliqué à cette langue : c'était
une facilité de plus pour mon dessein. J'avais
d'ailleurs pesé les inconvéniens de mon entreprise , et réfléchi qu'en descendant vers le midi,
si je ne rencontrais personne , les fruits naturels
du désert pouvaient servir à ma nourriture.

J'étais armé ; les bêtes féroces ne sont communes dans la Tartarie que vers le désert de Cohi et le Thibet : tous les dangers me paraissaient donc prévus. Je m'habillai à la tartare, et partis seul à cheval. Ma valise renfermait quelques provisions de bouche, un' instrument arabe propre à prendre hauteur, et une boussole pour me guider dans le désert.

Le commencement du voyage fut de nature à m'affermir dans la résolution de le continuer. Partout, jusque chez les Kergisses, je ne trouvais que des amis. Les Tartares me fournissaient tout ce dont j'avais besoin; rarement je pouvais les engager à accepter, par reconnaissance, la moindre chose. Leur curiosité ne pouvait se lasser de m'examiner ; ils m'entouraient, me suivaient, et ne me quittaient que pour faire place à d'autres plus importuns encore que les premiers.

Après trente – huit jours de marche j'arrivai sur la rive gauche du Tobol; je le traversai facilement à gué, à quelques lieues au-dessous de sa source, et j'entrai dans un désert immense, borné du côté d'où je venais, par le gouvernement d'Orenburg, et vers l'est par le pays des tartares Eluts. Les Russes nomment cette contrée le *grand Step ,* où le *Step* proprement

dit, à cause de son étendue; car ils appellent
ainsi toutes les plaines arides et inhabitées,
comme nous les désignons dans le midi de la
France, sous la dénomination de *Landes*.

Je n'avais que près de cent lieues à faire
pour arriver sur les bords du lac Palkasi, à
quelque distance de la demeure ordinaire du
grand Kan des Eluts: c'était le but de mon
voyage. Mais hélas! combien le terme était plus
loin de moi que je ne l'avais calculé? Que d'a-
ventures devaient retarder ma route, et que de
peine j'avais à appréhender?

En effet, les événemens dont je vais vous entretenir se succédèrent si précipitamment, et
furent d'une nature si singulière, que je ne
pense pas que l'imagination du romancier le
plus célèbre ait jamais enfanté rien de plus extraordinaire.

Il y avait déjà deux jours que je n'avais rencontré personne; cette solitude affreuse commençait à m'inspirer les plus sinistres pensées;
la nuit, et le besoin de prendre quelque nourriture, m'obligèrent à faire halte: je descendis
de cheval. Jugez de mon trouble, je m'aperçus
que ma valise renfermant mes provisions et mes
effets, était tombée. Où la chercher? Comment

retrouver ma route ? Ma boussole ne me restait
pas ; l'obscurité était horrible ; aucune étoile ne
s'offrait à mes yeux. Enfin, pour comble de
malheur, ce lieu ne me présentait point de fruit
dont je pusse me nourrir. Je me jetai sur
l'herbe en poussant des cris de désespoir : Comment pourrai-je supporter la fatigue et la faim,
errant au milieu de ce désert, m'écriai-je ! Dieu,
êtes-vous juste ? Un coup de tonnerre se fit entendre et semblait répondre à mon blasphême.
Je me tus, glacé d'horreur ! Cependant l'orage
s'approchait ; le vent agitait avec force les arbres sous lesquels j'étais abrité. Je frissonne encore, lorsque je reporte ma pensée vers cette
époque de mes malheurs. Quel tableau ! Jamais
je n'ai vu la nature dans un désordre aussi affreux ! Le bruit du tonnerre retentissant dans
les cavernes des monts Ourals, celui d'un torrent,
grossi encore dans sa chute par la pluie délu-
viale qui brisait les branches des arbres en se
précipitant à grands flots, la violence de l'ou-
ragan, la foudre tombant avec éclat à vingt pas
de moi, l'obscurité dans laquelle était plongée
la forêt lorsque le feu céleste ne l'éclairait pas,
tout me faisait penser que je touchais à mon
heure dernière. Mon ame émue, comme en la

présence de Dieu, revenait vers cette divinité
qu'elle outrageait un moment avant. Suffoqué
par l'odeur sulfurique du carreau qui venait de
tomber ; frappé d'une branche d'arbre que le
vent avait jeté sur ma tête, je fus renversé dans
l'eau, en criant, ayez pitié de moi, ô mon Dieu !
Enfin je perdis connaissance, et ne revins à moi
qu'après que ce temps affreux fut passé. Le
silence de la solitude contrastait singulièrement
avec le fracas qui avait précédé mon évanouis-
sement. La lune, dégagée des nuages, jetait
sur moi ses rayons argentés. Je vis, à la faveur
de sa lumière, que j'étais comme enséveli sous
les branchages.

Le terrain où je me trouvais était un peu en-
foncé ; j'étais entièrement dans l'eau. Il est certain que je me serais noyé pendant le temps que
je demeurai sans connaissance, si lorsque je tom-
bai ma tête ne se fût trouvée placée sur le tronc
de l'arbre immense sous lequel j'étais, dont les
racines sortant de terre avaient tenu mon corps
incliné, et n'en avaient laissé plonger que la partie inférieure.

Je me dégageai des branches qui me cou-
vraient, et je restai assis sur le tronc d'arbre qui
m'avait sauvé la vie.

Ma résolution définitive fut de traverser les
monts Ourals, qui n'étaient pas éloignés, afin
de chercher du secours chez les Karakalpaks; et
de-là, si, au lieu de me laisser mourir de misère, j'y trouvais l'assistance que je me figurais
toujours rencontrer chez les Tartares, me rendre dans la Perse en traversant le pays des Us-
beks.

Dès que le jour parut, je m'acheminai vers les
montagnes dont je voyais de temps en temps la
cîme dominer au-dessus des arbres. Des obstacles sans nombre s'opposaient à mon passage;
tantôt la forêt n'avait point d'issue, quelquefois
un torrent arrêtait mes pas; enfin la nuit approchait, je n'avais rien trouvé sur ma route pour
appaiser ma faim. Douze ou quinze lieues de
marche m'avaient à peine conduit aux pieds des
monts Ourals; je commençais encore à croire
que ma fin était prochaine, lorsqu'à la lisière
d'un bois j'aperçus quelques huttes éparses. Bientôt j'en vis sortir des personnes qui s'avancèrent
vers moi. Je remerciai cependant le Ciel de m'a-
voir sauvé la vie, quand un des Tartares que
j'abordai alors, me déchargea un coup de bâton
sur la tête, à l'instant que je descendais de cheval. Sans chercher à me défendre, je lui demandai grace dans sa langue; alors ils me saisirent,

me dépouillèrent, et s'emparèrent de tout ce que
j'avais. Ils n'osèrent pourtant pas s'approprier
mes diamans, par crainte de leur chef, auquel
ils me conduisirent.

C'était un vieillard farouche, ayant une grande
barbe blanche, contre l'usage des Tartares. On
lui offrit les diamans : ce sera pour mon Aessa,
dit-il ; et toi, puisque tu sais le tartare (ses
gens le lui avaient dit en me présentant), tu
augmenteras le nombre de mes esclaves. Je m'in-
clinai respectueusement, en m'empressant de
faire valoir le droit des gens en ma faveur ; mais
le méchant vieillard commanda que je fusse gar-
rotté.

Me voilà esclave de ces hommes que je croyais
hospitaliers ; enchainé par ceux chez qui je me
réfugiais pour y trouver la liberté. Je restai deux
jours dans un état affreux. On m'avait apporté,
par pitié, des racines grossières, et de l'eau
qui me servit encore plus à laver mes plaies
qu'à éteindre ma soif ; enfin, le troisième jour
on m'ôta mes liens, on banda mes blessures,
et l'on m'apporta un morceau de chair de cheval cuite au soleil, avec un vase d'une liqueur
forte, en usage dans la Tartarie, qui est un
espèce d'hydromel.

Je ne savais que penser de ce traitement ;

j'osai m'en informer à l'un de ceux qui m'a-
vaient servi. Il me dit qu'Aessa, jeune personne
qui avait été enlevée par Moukbé, chef de cette
horde, et qui allait devenir son épouse, dési-
rait voir l'étranger à qui l'on avait pris les diamans que Moukbé lui avait envoyés; les porteurs du présent lui ayant assuré, que quoique
habillé comme eux et parlant le tartare, je devais être d'un pays fort éloigné, car mes traits
ne ressemblaient à ceux d'aucun peuple du nord
de l'Asie.

Ce qui m'étonna dans tout ceci, fut que
Moukbé permit qu'une femme qu'il affection-
nait, vit un étranger : je crus en deviner la raison lorsque je vis Aessa; je pensai que c'était à
cause de sa grande jeunesse qu'il usait d'une telle
condescendance, car elle ne paraissait avoir que
douze à treize ans. Ce tartare était déjà marié;
mais vous n'ignorez pas que le dogme de la plu-
ralité des femmes est adopté dans tout l'Orient.

Enfin Aessa parut. Ce n'était point, comme
je me l'étais figuré, une physionomie tartare,
c'était la plus belle figure européenne que j'aie
jamais vue : elle est présente; vous pouvez juger de mon étonnement! Mais, si je fus surpris,
je le fus encore moins qu'Aessa! Elle me regarda

c

avec un vif intérêt ; quelques larmes inondèrent
ses beaux yeux. Elle m'a dit depuis, que si elle
ne me parla pas, c'est qu'elle ne crut pas en
avoir la force, tant son saisissement fut grand
en voyant des traits semblables à ceux de son
père. Aussi sortit-elle à l'instant de la tente, en
ordonnant que je fusse traité avec le plus grand
soin.

Environ une heure après, Moukbé entra :
« Etranger, dit-il, Kernilla, ma femme, veut
» t'avoir à son service ; je te donne à elle. Sou-
» viens-toi de la servir avec fidélité. Songe que
» tu lui devras l'avantage de n'être employé
» qu'à des travaux faciles. Surtout ne tente
» pas de te sauver, si tu ne désires pas la mort. »

Alors il me fit conduire chez Kernilla : elle
avait été prévenue par Aessa, qu'elle feignait
d'aimer beaucoup, afin de la retenir sans cesse
auprès d'elle pour la surveiller, et empêcher
qu'elle ne rencontrât Moukbé, dont elle était
jalouse jusqu'à la fureur.

Kernilla avait voulu plusieurs fois marier Aessa
avec des tartares ; mais cette jeune personne
avait toujours paru éloignée d'une pareille alliance. Elle faisait valoir sa jeunesse, pour prévenir ce qu'elle regardait comme un malheur.

Cependant il était facile à l'épouse de Moukbé
de s'apercevoir que sa répugnance était l'effet de
son origine. Kernilla aurait fini par la contrain-
dre, afin de prévenir son alliance avec le chef
de la horde, si mon arrivée et l'assurance que
lui donnait Aessa, que je devais être né dans le
pays d'où son père était venu, ne lui avaient fait
concevoir un projet qu'elle pensait, avec d'autant plus de raison pouvoir exécuter, que son
mari n'osait jamais s'opposer à ses volontés : il
la respectait comme fille de Taïbéo, ancien Kan
des Barabintzes, tartares habitans des sources
de l'Obi.

Kernilla avait été belle autrefois, car elle possédait tous les appas qui constituent la beauté chez
les Karakalpaks, et qui formeraient une horrible laideur en Europe. Lorsque je la vis, elle
était avec Aessa. Je m'aperçus que cette belle
enfant avait fait naître dans mon ame un sentiment qu'elle ressentait déjà aussi bien que
moi. Les effets de la sympathie furent prompts
à se faire sentir sur nos cœurs, et nos premiers
regards nous firent bientôt entendre qu'ils étaient
d'accord. Il est vrai que notre position était bien
propre à rapprocher nos ames; j'étais jeune, et
dominé par une imagination prodigieusement ro-

manesque. Aessa, belle et sensible, voyait, pour
la première fois, des traits différens de ceux des
affreux Tartares parmi lesquels elle vivait. Comment ne pas se rendre aux attaques d'une passion si puissamment aidée par le concours de
tant de circonstances? Ne vous étonnez donc pas
que cette flamme d'amour, dont je ressentirai
l'ardeur toute ma vie, ait opéré alors un si rapide embrasement.

« Es-tu des lieux où se couche le soleil, me
» dit la vieille tartare avec douceur? » Oui,
ange tutélaire du malheureux, lui répondis-je,
et j'en suis venu pour admirer tes compatriotes, les habitans de la fortunée Tartarie. En te
voyant, je comprends que je ne m'en étais pas
formé une idée trop favorable. Si j'ai été mal-
traité par tes gens, je ne l'attribue qu'à leur zèle
pour ta personne, et à la méfiance qu'inspire
naturellement aux peuples du désert l'abord de
l'étranger. Kernilla, enchantée de mon compli-
ment, me répondit : « Jeune homme, je blâme
» Moukbé de t'avoir fait traiter avec trop de ri-
» gueur; il s'est trompé sur ton compte, aussi
» es-tu libre à présent. J'espère cependant que
» tu ne me quitteras pas, car je veux faire bien
» des choses pour ton bonheur. » Je la remer-

ciai autant qu'il fut en moi, lui promettant de m'attacher à sa personne, comme l'ombre aux pas du voyageur.

Elle me fit donner une hutte voisine de la sienne, pour y prendre le repos que nécessitait la fatigue que j'avais éprouvée, et le soin que demandait la guérison de mes blessures. Les bâtons noueux que portent les Tartares, et avec lesquels j'avais été frappé, sont des sortes de massues dont les coups sont très-dangereux. Je demeurai trois jours couché sur un lit de jonc, pendant lesquels je reçus une fois la visite de Kernilla avec Aessa. En vain je voulus témoigner ma reconnaissance à l'épouse de Moukbé, je ne pus que balbutier quelques remercimens, que j'adressai, dans mon trouble, à la jeune tartare ; mais ces égards, que je me reprochais comme une imprudence, eurent l'approbation de Kernilla : « Je vois, dit-elle, jeune étranger, que tu » aimes Aessa, je crois qu'elle ne voit pas son » compatriote avec indifférence ; apprends que » mes projets sont d'accord avec vos senti- » mens..... » Je me levai alors sur mon séant? Quoi! dis-je, quoi! tu me la donnerais pour com- pagne? « Oui, dit-elle, calme-toi, laisse opé- » rer ta guérison, alors je vaincrai tous les obs-

» tacles qui s'opposeront à mes desseins. Adieu. »
Je tendis les bras vers elle. Aessa, en s'en allant, tourna encore ses regards sur moi, et je
vis dans ses yeux que l'amour avait été aussi
prompt à s'introduire dans son cœur que dans
le mien.

La simplicité des Tartares excuse la promptitude avec laquelle agissait Kernilla, et mon
caractère se trouvait à l'unisson avec cette vivacité naturelle qui s'élance au-devant du désir. La violence de l'amour, qui s'était si su-
bitement emparé de toutes mes facultés, me
faisait d'ailleurs paraître comme éloigné d'un siè-
cle, le terme heureux que l'on me faisait envi-
sager.

Je ne sais si quelqu'une des femmes de Kernilla avait trahi sa maîtresse, et instruit Moukbé
de ce qu'elle projetait; mais le soir, dans un
breuvage que l'on me présenta, je remarquai
une odeur étrange, qui me fit craindre avec
raison, comme vous le verrez par la suite, que
Moukbé ne voulût se défaire de moi; je ren-
versai le vase comme par mégarde. Peu d'instant après, Aessa arriva seule; l'esclave qui veil-
lait auprès de moi, sortit à l'instant.

La hutte était éclairée par un feu d'un bois

résineux de ces contrées, brûlant dans un vase
de terre. La fille du désert, s'appuyant contre
l'arbre qui soutenait le faîte de la tente, me
dit : « Etranger, je te crois du pays de mon
» père ; tu es le seul homme que j'aie vu avec
» un visage semblable au sien ; je t'aime déjà
» comme un frère, bientôt je t'aimerai comme
» un époux. Je ne te demande pas qui t'a con-
» duit dans ces lieux, voilà celui que je priais
» toujours de m'envoyer un protecteur qui rem-
» place mon père. » En me disant ces mots,
quelle fut ma surprise ! Aessa me montrait une
croix de bois, sur laquelle était grossièrement
sculptée l'image de l'homme-Dieu. Je n'osai
interrompre la jeune chrétienne ; elle continua :
« Il est venu, j'ai été exaucée ; je verrai la fin
» de mon malheur, je cesserai d'être persécutée
» des soins de Moukbé et de la jalousie de Ker-
» nilla. Apprends que je suis retenue ici depuis
» trois soleils, après avoir été enlevée à ma mère,
» lorsque, suivant le conseil de mon père ex-
» pirant, nous traversions le désert pour gagner
» les pays du nord et la terre de Russie. Hélas !
» ma pauvre mère, laissée seule dans l'immense
» Step, lorsque ces barbares habitans, malgré
» mes cris et la résistance de nos esclaves, nous

» séparèrent en l'abandonnant sans pitié, sera
» morte de faim, de fatigue et de douleur! »
Aessa fut interrompue par ces sanglots.

Je pleurais aussi ; elle reprit : « Être compa-
» tissant, j'implore donc un appui que tu seras
» en état de me donner, aidé du secours de mon
» Dieu, qui est aussi le tien, puisque c'est celui
» de mon père, favorisé par Kernilla, encouragé
» par l'amour qui m'embrase, et que j'ai dé-
» couvert dans ton regard au premier moment
» que je t'ai vu. »

Les discours de cette naïve enfant exaltèrent
mon ame. Sa confiance en son Dieu me rappela
à l'ancienne croyance de mes pères, je joignis
les mains avec ferveur. Oui, dis-je, celui que
cette image représente nous aidera; il n'abandonnera pas celle qui l'adore au milieu des infidèles, qui lui adresse seule sa prière au sein du
désert. Mais, ô mon Aessa! comment te trou-
ves-tu dans la Tartarie? Comment ton père....?
« Ami, interrompit-elle, voilà ce que mon père
» nous donna avant de mourir. Il nous dit qu'en
» montrant cela aux Russes, ou aux autres ha-
» bitans de l'Occident, l'on nous reconnaîtrait,
» et l'on s'empresserait de nous donner assis-
» tance; tu sauras, sans doute, déchiffrer ces

» caractères des pays lointains? » Elle me donna,
en terminant ces paroles, un rouleau de peau,
sur laquelle quelques lignes en langue française
avaient été tracées avec un poinçon.

Aessa approcha de moi le vase qui éclairait
la hutte. Je me préparai à lire. Quelque bruit
se fit entendre : Qu'est-ce? dis-je. « Ce sont,
» sans doute, les gens qui m'ont accompagnée
» jusqu'ici, dit Aessa. » Alors je lus ces mots :
« Je suis Français, et né à Bayonne. Je me
» nomme *Delaville*. Je commandais, en 1780,
» un vaisseau sous pavillon hollandais, faisant
» voile pour Macao. Entré dans la baye de
» Kécho, au Tonquin, pour y faire de l'eau,
» je fus surpris à terre par des Barbares, qui
» m'entraînèrent dans l'intérieur du pays, et
» me vendirent à un habitant du Thibet, venu
» à Leng pour se pourvoir de quelques esclaves
» Cochinchinois. Mon maître m'amena sur les
» bords du lac Terkiri : après l'avoir servi un
» an, je saisis l'occasion de m'enfuir. En tra-
» versant le désert de Cobi, j'ai trouvé protec-
» tion et secours à Sertem, près des monts
» Moussarts, chez le chef de la horde tartare,
» nommé *Akba*. Il me donna sa fille ; et j'au-
» rais fini mes jours dans ces contrées, si, après

» la mort d'Akba, Imel, seigneur Kalmuk de
» la cour du grand Kan des Eluts, n'eût voulu
» m'opprimer. Alors je pris le parti de me ré-
» fugier dans la Tartarie russienne avec mes
» serviteurs fidèles, accompagné de mon épouse
» Tarella et de Aessa, ma fille, que j'ai élevée
» dans la religion catholique dont je fais pro-
» fession : sa mère est aussi instruite dans la foi
» des Chrétiens. Arrivé au lac Karzana, près
» du désert de Step, je sens la fièvre s'empa-
» rer de moi, la mort m'approche ; j'écris ces
» lignes, pour recommander aux premiers Eu-
» ropéens qu'elles rencontreront, mon épouse
» et ma fille. Puisse Dieu récompenser ceux
» qui leur donneront assistance !...... » Chère
amie, dis-je à la fille de Delaville, en prenant sa
main que je portai sur mon cœur, oui, c'est
le Ciel qui m'a conduit vers toi, en m'inspirant de venir visiter les habitans du désert. Lorsque je saisis son bras, une flèche, tirée par une
ouverture opposée à la porte de la hutte, at-
teignit Aessa à la main droite, quand je la pres-
sais contre mon sein. Au cri qu'elle poussa
en tombant sur mon lit, les esclaves qui étaient
à la porte se précipitèrent vers nous ; je serrai
mon amante dans mes bras. O ami, je t'ai sauvé

la vie, dit-elle, et son sang découlait sur moi!
Il t'a blessée, grand Dieu! disais-je; nos cris
se confondaient avec les hurlemens des Tartares,
qui se frappaient la tête et s'arrachaient la barbe.

Cependant, à la faveur du tumulte, l'assassin
s'était sauvé. Kernilla, dont la hutte était voisine,
accourut au bruit. « Que vois-je, s'écria-t-elle,
» Aessa ensanglantée! » Je lui expliquai, en
pleurant, comment elle avait reçu le coup qui
m'était adressé : en même temps on lavait sa
blessure, qui heureusement n'était pas profonde.
Je vois, dit Kernilla, de quelle main est partie
la flèche. Certainement........ Moukbé entra et
s'informa du sujet de nos pleurs. « Tu vois,
» lui dit son épouse, le cas que l'on fait de la
» protection de ta bien-aimée, quelqu'un a tiré
» ce trait au cœur de l'étranger que j'affec-
» tionne. »

Je jure par Tanchou, répliqua Moukbé, que
je punirai..... « Tu puniras, dit Idbé, frère de
» Kernilla, en lançant à l'affreux vieillard un
» regard terrible, tu puniras celui qui, jaloux
» de la belle Aessa, n'a pu voir, avec tran-
» quillité, les soins qu'elle donnait à son frère.
» Le connais-tu, le meurtrier? » Kernilla reprit : il sera assez puni, si, au lieu d'ouvrir la

porte de la mort à celui qui, sans doute, est son rival préféré, il lui a ouvert celle du bonheur. Je veux unir ensemble les enfans du pays du côté du soir. Tanchou, qui a permis qu'ils se rencontrassent dans son empire, en venant des deux extrêmités du monde, aura ce mariage pour agréable. Qu'ordonnes-tu, Moukbé? La fille du Kan des Barabintzes prononça ces derniers mots, de façon à laisser voir qu'elle voulait être obéie ; son frère l'appuya de ses regards féroces. Je ne veux, dit Moukbé, que ce que voudra ma compagne ; mais il faut qu'ils soient guéris. Je me charge des soins que demandent...... « Non, non, je veux les avoir » près de moi, à côté de ma tente ; et mes fem-» mes seules, dit Kernilla, pourront les appro-» cher. » Nous fûmes donc apportés dans une hutte, que l'on dressa à l'instant entre celles d'Idbé et de sa sœur. La blessure d'Aessa n'était pas dangereuse, les miennes commençaient à guérir ; j'apercevais l'aurore du bonheur.

Plus je réfléchissais aux événemens passés, et plus j'y voyais de causes de mort, détournées, ce semble, par les hasards les plus imprévus. En effet, lorsque je partis de Kasan, j'étais complétement dans l'erreur sur le carac-

tère des Tartares, et sur les moyens de subsis-
tance que je pouvais trouver dans leur pays.
Il faut, pour que mon imprudence ne m'attire
pas le dernier des malheurs, que je trouve une
horde nombreuse aux pieds des monts Ourals ;
qu'attaqué par les Barbares, ils ne suivent pas
l'impulsion naturelle de leur caractère, que j'a-
vais connu trop tard, et ne me donnent pas la
mort. Il faut enfin que je rencontre dans ces
huttes, une jeune Européenne qui m'aime dès
le premier abord ; un Tartare qui respecte sa
femme à cause de sa naissance, et que celle-
ci, jalouse de son mari ainsi que de la jeune
personne, conçoive le projet d'unir les deux
étrangers. Si vous joignez à ces circonstances
celle qui fait qu'un trait qui devait me donner
la mort, au lieu de frapper mon cœur, rencontre la main d'Aessa, vous aurez la somme
des bienfaits de la Providence envers un homme
qui l'avait méconnue jusqu'alors, mais qui commençait à ouvrir les yeux. Effectivement, pendant que l'on bâtissait notre hutte, et qu'Aessa,
transportée dans celle de Kernilla, comme moi
dans celle d'Idbé, attendait qu'elle fût prête
à nous recevoir, je repassais dans mon esprit tous ces événemens. La fille chrétienne,

D

avec sa croix protectrice, se représentait toujours à moi ; il semblait que Dieu eût voulu
me conserver pour cette vierge du désert, et
que son ange fût le guide de mes pas au milieu
de ces affreuses contrées. J'oubliai dans l'im-
mensité de la solitude mes systèmes philosophi-
ques. Les déserts, en effrayant l'ame, prêchent
un Dieu. Le voyageur isolé, dont l'esprit est
vague comme ses pas, rassure son cœur par
l'idée d'une Divinité qui veille sur sa créature ;
il se rappelle sa religion maternelle, et craint
tout en ne l'adorant pas, lorsqu'avec sa foi il
trouve un appui au milieu du vide immense
qui l'entoure.

Je voulais invoquer encore le hasard, en ré-
fléchissant aux étranges choses qui m'étaient ar-
rivées, mais je croyais blasphémer. Mes idées
se combattaient avec violence. Mon cerveau af-
faibli s'appesantit, je m'assoupis.

Le trouble de mes pensées durait sans doute
encore pendant mon sommeil, je vis Aessa en
songe ; ses épaules étaient ornées d'une paire
d'ailes dorées, une draperie blanche couvrait
son corps aérien ; il me semblait qu'elle m'en-
levait vers la voûte céleste. « Ami, » et sa voix
argentine retentissait sous le lambris azuré :

« Ami, disait-elle, tu es ma douce proie ; je
» te ravis pour le Ciel. Dieu a voulu que je te
» rencontrasse au milieu des infidèles, et que
» la vue de son adoratrice te fit revenir à son
» culte. Il l'a voulu, dis-je ; car si sa puis-
» sance créatrice, qui ordonna le monde, et
» donna la première impulsion aux êtres, sem-
» ble les abandonner aux lois aveugles du sort,
» il s'est réservé, outre les effets miraculeux
» de sa force conservatrice, le droit de préve-
» nir les événemens, en inspirant aux hommes,
» sans gêner leur détermination, tout ce qu'ils
» doivent faire pour éviter d'être les victimes
» du cours ordinaire des choses ; car sa science
» éternelle prévoit tout ce qui doit arriver. »

J'écoutais cet ange céleste, lorsque je fus ré-
veillé par les Tartares, qui me prirent pour
m'apporter dans la hutte qu'ils venaient d'ache-
ver de construire.

Quoique mon songe ne fût probablement que
la suite des réflexions que je faisais avant de
m'endormir, il me frappa cependant, et avec
d'autant plus de raison, qu'il est rare qu'un
rêve soit composé d'une suite d'idées aussi liées
que celui-ci. Vous prévoyez déjà que la grâce
divine ne tardera pas à toucher mon cœur ; et

vous allez voir comment la naïve piété de mon ingénue amante me ramena, avec promptitude, à des sentimens semblables aux siens.

Aessa était déjà placée dans la nouvelle tente lorsque j'y fus porté. Les habitans du Step paraissent voir avec indifférence, que deux personnes qui s'aiment, soient couvertes par le même toit; peut-être nous regardaient-ils déjà comme époux. Quoi qu'il en soit, sa chasteté ne risquait rien avec moi; car tel est le privilége de la sainte innocence, qu'elle se fait respecter des hommes les plus dépravés, et qu'elle met un frein aux transports de l'amour le plus violent.

« Mon bien-aimé, » me dit la vierge de Sertem, aussitôt que nous fûmes seuls, « je bénis » la flèche de Moukbé et sa colère infructueuse: » il est forcé, pour éviter la conviction de son » crime, de consentir à couronner nos vœux. » Nous serons forts de la protection des enfans » de Taïbéo, ils ont manifesté leurs desseins sur » nous. » O Aessa, lui dis-je, tu souffres pourtant, et tu souffres à cause de moi, encore rends-tu grâce à la main qui t'a frappée! Tu veux donc, par ta générosité divine, rendre impossible l'expression du sentiment que tu m'inspires, à moins que mon ame ne m'abandonne,

par un effort du délire qui trouble mes sens
en t'écoutant!

Un jour notre conversation amena l'occasion
de l'instruire des causes qui m'avaient conduit
dans ces contrées. Je glissai sur les événemens
qui avaient nécessité ma sortie de France; car
j'aurais eu honte de lui faire apercevoir qu'il
eût été possible que l'on pût négliger le culte
de Dieu et l'obéissance au souverain. Ces sentimens sont, en quelque sorte, innés chez les
Tartares. Sous quelle forme qu'ils représentent
la Divinité, l'hommage d'adoration qu'ils rendent à leurs idoles, est une sorte de terreur qui
fait trembler leurs membres, et souvent héris-
ser leurs cheveux. Le respect qu'ils ont aussi
pour leurs chefs est très-grand; mais l'honneur
qu'ils rendent au seul nom des souverains d'Asie,
est sans bornes : ils ne prononcent, par exemple,
le nom du grand Kan des Kalmuks ou Eluts,
qu'à deux genoux. Ce sont pourtant des Barbares, dont les seuls points de contact avec les
Européens, ou avec les peuples civilisés leurs
voisins, sont les passions qui les agitent, parce
que chez tous les hommes elles produisent les
mêmes effets.

J'en venais de faire l'épreuve dans l'attache-

ment subit de Kernilla, fruit de sa jalousie, et
d'où provenait la différence des traitemens que
j'éprouvais, d'avec celui du premier abord de
ces sauvages habitans des monts Ourals.

Je fis part à Aessa des raisons qui m'avaient
fait venir chercher le pays des Tartares. Elle
pleura sur les dangers que cette entreprise m'a-
vait fait courir, lorsque je les lui détaillais.
« O Dieu! dit-elle, ô Dieu! » et la prière reconnaissante de son ame sensible s'adressait à
celui dont elle embrassait alors l'image, « tu
» l'as gardé au milieu du désert, tu l'as amené
» par la main jusqu'à moi, je te remercie, je
» te bénis : prie donc aussi, ô Desrosier, celui
» qui a ordonné à ses foudres de t'épargner!»
et elle me présentait sa croix. Touché jusqu'au
fond du cœur, m'unissant à elle, je m'écriai :
ô Sauveur des hommes, continue à veiller sur
nous, écarte les maux qui nous menacent encore, et préserve-nous des méchans! En même
temps je disais intérieurement : ce moment dé-
cide de mon sort, j'abjure l'impiété et je reviens
à la foi.

Un instant, comme vous voyez, un mot de
l'ame d'une personne dont la propre persuasion
m'entraîne, l'ensemble de quelques circonstances

frappantes, suffisent pour déterminer un changement que tous les raisonnemens de l'homme
le plus éclairé n'auraient peut-être servi qu'à
éloigner, et vous verrez qu'il fut sincère ; je ne
me suis pas écarté des sentimens que rappelè-
rent alors les paroles de la bouche d'Aessa. Depuis, tous les matins et chaque soir, je ne
manquais jamais d'élever, de concert avec elle,
mon cœur vers l'Eternel. Je trouvais à remplir
ce devoir une consolation que je ne peux bien
faire concevoir ; car, pour me comprendre, il
faudrait avoir éprouvé l'abattement que doit
causer une situation comme était la mienne.
Alors, à mille lieues de ma patrie que j'avais
laissée dans le déchirement, et dont j'ignorais le
sort, obligé de m'accoutumer à une vie dure et
monotone sur une terre aride, au milieu de gens
presque sauvages, qui me protégeaient par ca-
price, vivant avec un ennemi qui déjà avait
voulu attenter à mes jours, jugez dans quelle
anxiété je me trouvais. L'amour d'Aessa que je
partageais, augmentait mes craintes au lieu de
les atténuer, puisque si je succombais, elle se
trouvait en butte à des dangers encore plus
grands que ceux qu'elle avait couru ; car la
jalousie de Kernilla n'ayant plus à se reposer

sur un époux de la garde de la jeune étrangère,
se serait changée en haine contr'elle ; et si l'épouse
de Moukbé était morte, même en conservant
les sentimens les plus bénévoles pour Aessa, quel
avenir cruel ne me faisait pas entrevoir pour elle
la brutalité, ou peut-être la vengeance du chef
de la horde ! Aussi j'en sentais plus vivement l'a-
vantage de se reposer toujours sur un appui au-
dessus des bizarreries du sort et de l'incons-
tance de la volonté humaine.

Cependant notre guérison s'opérait. Au bout
de six jours je ne ressentais plus qu'une légère
douleur ; la blessure d'Aessa fut plus longue à
se fermer, elle resta encóre plus d'une semaine
dans la souffrance.

L'art de guérir les plaies chez les Tartares,
ne consiste qu'à les laver souvent et à y ap-
pliquer des simples, dont je ne crois pas la vertu
bien efficace ; ce qui me fait penser que la nature abandonnée à elle-même, lorsque le corps
d'ailleurs est sain et bien constitué, produit des
effets que souvent l'on n'obtiendrait pas avec
le secours de la science.

Nous eûmes plusieurs visites de Kernilla et
d'Idbé. Moukbé vint aussi nous voir ; il me
promit que ses soins pour nous me ferait com-

prehdre à quel point on s'était abusé, lorsqu'on
avait pu concevoir le soupçon que mon assassin
ne lui était pas inconnu. Je lui répondis vague-
ment, que son épouse, son frère et moi, n'a-
vions aucune certitude qu'il eût trempé dans
cet attentat; mais que si Kernilla avait pris quelques précautions à hôtre égard, elle y avait été
portée, par la raison que sa confiance en ses
gens étart plus grande que celle qu'elle plaçait
dans la fidélité des siens. Il parut se contenter
de ma réponse; et j'ai lieu de croire que ma
modération, le respect que je lui témoignai depuis, et les soins que je lui prodiguai, firent
croire à son esprit grossier, que j'avais été la dupe
de ses protestations. S'il jugeait de moi par lui-
même, il devait me croire sincère, car le sentiment fait explosion chez les Tartares; il n'y
a que les considérations les plus majeures qui
puissent en suspendre l'effet. J'aurais pu faire
éclater les miens avec d'autant plus d'assurance,
qu'Idbé, ennemi juré de Moukbé, m'aurait ap-
puyé avec force, ravi de trouver l'occasion de
le contrarier.

Leur haine provenait du mariage de Kernilla,
que Taibéo, contre le sentiment de son fils,
avait mariée à Moukbé, par préférence à un

seigneur tartare, ami d'Idbé. Celui-ci accompagna cependant sa sœur sous la hutte de son
époux, et demeura depuis avec eux, sans jamais
se réconcilier avec son beau-frère. Une autre
raison entretenait leur antipathie : Moukbé était
prêtre de Tançhou, idole respectée dans le Step ;
et Idbé, qui avait voyagé aux bords du Gange,
était devenu adorateur de Brama.

Je ne profitai point de leur mésintelligence,
et voilà peut-être pourquoi Moukbé cessa de
me persécuter ; ou bien jugea-t-il à propos d'a-
gir ainsi par crainte du frère de Kernilla, et
par égard pour elle, car son caractère lui était
connu ; elle ne changeait jamais d'avis : la fierté
de son origine entretenant son amour propre,
contribuait à la rendre invariable dans ses desseins.

Dans la dernière visite que me firent Kernilla
et son frère, ils fixèrent au huitième jour de
la lune mon mariage avec Aessa, en nous an-
nonçant que la grande hutte que nous devions
occuper était prête, et que nous en prendrions
possession le jour de la fête de l'hymen. Mon
épouse fut dotée d'un nombreux troupeau, et
de sept esclaves fémelles de Kernilla. Idbé m'en
promit un pareil nombre, avec quinze chevaux ;

Moukbé avait voulu y joindre trois chameaux
de Cobi, et le lit nuptial de duvet de soie.

Cependant Idbé suspendait dans ma tente les
menus présens ; c'étaient un vêtement tartare
des plus riches, et un cimeterre orné de pier-
reries. Le trousseau d'Aessa lui fut aussi pré-
senté. Des étoffes de l'Inde, magnifiques, com-
posaient les habillemens du jour de la noce. Kernilla avait aidé elle-même ses femmes à les faire,
et ils étaient, j'ose le dire, de la plus grande
élégance. Quoique la couture, chez les Tartares, ne soit qu'une espèce de lacet, les étoffes
sont cependant si bien jointes, que le cordon
qui les unit, contribue à leur ornement.

Je déclarai alors que nous ne voulions point que
notre mariage fût célébré à l'autel de Tançhou.
La fille de Taibéo insista : Moukbé fut averti
de ma résolution. L'édifice de mon bonheur faillit à s'écrouler. Le fanatisme religieux qui les
inspirait, sembla devoir réunir contre nous le
sentiment des deux époux ; mais Idbé, secta-
teur de Brama, s'opposa de toutes ses forces
à ce qu'il nous fût fait la moindre violence à
ce sujet.

Je m'interromps ici pour vous faire remarquer que ce que va dire Idbé, n'est point au-des-

sus de l'esprit du fils d'un chef de Tartares,
qui avait visité les principaux peuples de l'Asie.
Ses idées singulières sur le culte de la Divinité,
ne doivent point vous étonner, si vous faites attention que ce n'est qu'un mélange de la croyance
des Indiens avec les superstitions dans lesquelles
il avait été élevé. Idbé dit donc à ses frères,
que comme lui nous respections Tanchou, et
que cette vénération, ou ce silence à l'égard
de leur Dieu, devait leur suffire ; que l'on ne
pouvait nous forcer, non plus qu'à lui, à rendre
hommage à la Divinité du Step. « Je me trompe
» fort, dit-il, ou le Dieu qu'ils adorent est la
» sagesse divine que peut-être je révère sous
» le nom de Brama. L'Univers est plein, selon
» moi, de Dieux subalternes qui y maintien-
» nent l'ordre, et remplissent l'intervalle de
» l'homme à l'être des êtres ; mais celui qui
» n'admet point ces intermédiaires divins ,
» pourvu qu'il reconnaisse le principe premier,
» sous quel nom qu'il le révère, n'est point
» coupable envers ses semblables qui pensent
» différemment que lui, s'il se tait sur leur
» croyance, et s'il tolère leur opinion. » Il
finit, en assurant qu'il interpréterait mal toute
opposition à son avis, et que sa sœur ne le.

pouvait contrarier que par une lâche condescendance pour son époux. C'était toucher la corde
sensible de son cœur; aussi se rangea-t-elle su-
bitement du parti d'Idbé; et Moukbé, malgré
qu'il en eût, fut encore obligé de plier. Il obtint seulement que l'image de Tanchou serait
emportée dans la forêt pendant la cérémonie du
mariage, pour qu'elle ne fut point présente à
une fête d'où l'on bannissait son culte. Moukbé
se réserva le droit de nous unir, comme chef
de la horde : je fus averti de cette détermination, et j'y souscrivis.

Le jour fortuné approchait, déjà les Tartares
s'occupaient des préparatifs de la pompe nuptiale. Nous sortimes, pour la première fois, la
veille du terme de mes désirs, tournant nos pas
vers la hutte que nous devions habiter. Les Tartares se pressaient pour nous voir, ils semblaient
partager notre bonheur. Je crois qu'aucun peuple n'aime avec plus de tendresse ceux qu'il a
commencé à affectionner.

Nous arrivâmes sous notre nouveau toit; on ne
pouvait désirer, au milieu du désert, un logement plus agréable. La hutte, divisée en com-
partimens, pour nous et pour nos esclaves, était
construite auprès d'un puits taillé dans le roc, ,

suffisant pour abreuver nos troupeaux. Le parc qui devait les renfermer, était voisin de l'abri construit pour nos chameaux et nos chevaux. Deux grands arbres ombrageaient le seuil de notre porte, en servant d'appui à la couverture de la cabane. L'intérieur était de la plus grande propreté ; tous les ustensiles dont on nous avait munis, y étaient arrangés avec une symétrie ravissante. J'avoue que la vue de tous ces soins pris pour notre félicité, me fit oublier les maux passés et l'incertitude de la continuation du bien présent.

Aessa, dis-je à ma compagne, quels agréables préludes à la journée de notre union ! Mon bien-aimé, dit-elle, « tout ce que je vois, les » paroles de ton cœur et le feu de tes regards, » jètent mon ame dans un trouble que je ne » peux exprimer. » Tu éprouves, ô mon Aessa, lui dis-je, et je n'en peux douter, le commencement du bonheur qui me transporte ! Tu ressens l'ardeur de la flamme qui me consume !

Durant cette douce conversation, nous reprenions la route de notre ancienne demeure. « Il faut, dit Aessa, en y rentrant, il faut con- » sacrer cette soirée à la prière. Desrosier, sou- » tiens ma voix émue et tremblante ; prie pour

» moi, et je répéterai tes paroles dans le fond
» de mon cœur. » Elle se mit à genoux, je m'y
jetai en face d'elle; et prenant ses mains jointes, qui tenaient la croix de consolation, je pro-
nonçai à haute voix ces mots, que murmurait
après moi sa bouche angélique : « Dieu de bonté,
» bénis une union commencée sous les auspi-
» ces de ta sainte protection et de la chasteté
» la plus pure ; bénis deux êtres isolés parmi
» les ennemis de ton culte, et qui seuls t'ado-
» rent au milieu des peuples idolâtres ; conti-
» nue le miracle de leur conservation dans ces
» immenses déserts ; garantis tes enfans de la
» haine secrète, ou des vœux impurs de celui
» à la merci duquel le sort les a jetés ; main-
» tiens dans les bons sentimens qu'ils leur ont
» témoigné, ceux que leur ascendant sur ce
» barbare rend puissant pour leur faire du bien ;
» fais que l'aurore d'aucun jour malheureux ne
» vienne interrompre la félicité que nous atten-
» dons de notre hymen ; enfin, si tu permets
» jamais que je retourne dans ma patrie, et
» qu'Aessa voie le lieu de la naissance de son
» père, fais que nous trouvions la France re-
» venue à ton culte sacré. J'en prends occasion
» de déplorer devant toi l'affreux délire que je

» partageai quelques instans. Pardonne, Dieu
» de miséricorde, Dieu qui as voulu mourir
» pour nous! exauce la prière à laquelle s'unit
» cette vierge, dont l'innocence fut toujours
» protégée par toi ; rends efficaces les vœux qui
» te sont adressés avec l'ardeur la plus vive et
» la confiance la plus solennellé. »

Quelques paroles de ma prière avaient pénétré
l'ame d'Aessa. Je m'en aperçus, et lui dis : Ne
t'étonne pas, mon amie, d'apprendre que je fus
quelque temps écarté du sentier de la vérité.
Si la grâce du Ciel ne manque pas à celui qui
soumet, avec simplicité, sa raison à la foi, elle
abandonne l'homme présomptueux, qui veut
pénétrer jusque dans les secrets du Créateur, et
qui place sa faible raison à côté de la sagesse
éternelle. Aessa attendrie, penchait sa tête sur
mon sein ; cependant je me refusai un seul bai-
ser, que je réservais pour l'instant où des té-
moins de notre engagement auraient rendu notre
mariage authentique, et serré les nœuds du lien
fortuné que la mort seule doit rompre; lien qui,
je l'espère, continuera de me rendre heureux
jusqu'au dernier moment de ma vie.

Le sommeil le plus délicieux vint accourcir
l'intervalle qui me séparait de l'heure désirée.

Je ne songeai qu'à Aessa ; je crus voir aussi l'ombre de son père, qui m'assurait qu'elle m'avait guidé jusqu'au centre de l'Asie, pour me donner à sa fille. Le nom de Desrosier, qu'Aessa prononçait en dormant, me réveilla alors. Elle m'a dit que le sien avait été souvent dans ma bouche pendant la durée de cette nuit. Enfin le soleil vint éclairer le plus beau de mes jours. J'appelai mon amie ; aussitôt les Tartares, qui entouraient notre tente depuis le lever de l'étoile du matin, entendant ma voix, entonnèrent en chœur l'hymne de l'hymen.

« Levez-vous, disaient-ils, commencez la » journée de la félicité. Epoux, couvre le front » de ta bien-aimée des fleurs que nous avons » cueillies pour cette fête nuptiale : ce sont des » fleurs qui ne flétrissent pas, symbole de vo- » tre flamme mutuelle qui ne s'éteindra jamais. » Vous serez unis jusque dans le tombeau où » vos cendres se mêleront ensemble. Les en- » fans que le Ciel vous accordera, car il ne re- » fuse jamais cette faveur à ceux pour qui le » mariage n'est pas une chaîne, continueront » votre existence au-delà même de la mort. » Levez-vous, commencez la journée de la fé- » licité. »

Entends-tu, Aessa, les chants de l'hyménée,
lui dis-je, profitons de toutes les heures du jour
des délices. En disant ces mots, je me vêtis des
présens d'Idbé; Aessa s'habilla pareillement avec
le costume nuptial que lui avait préparé Kernilla. Qu'elle était belle! Son cœur palpitait à
travers le voile de la chasteté : elle y plaça la
petite croix qu'elle ne quittait jamais, et la lettre de son père qu'elle se proposait de faire servir à la cérémonie. Lorsqu'elle fut prête, je la
conduisis vers la porte de la hutte, que j'ouvris,
pour la présenter aux Tartares, qui recommencèrent leurs chants et leurs acclamations. A leur
tête étaient Moukbé avec son épouse et Idbé.

Le chemin jusqu'à la cabane du mariage était
jonché de fleurs; elle paraissait de loin ornée
de guirlandes, à demi dérobée aux regards par
l'épaisse fumée des plantes aromatiques qui brû-
laient à l'entour. Le Ciel était sans nuages; les
neiges des monts Ourals réfléchissaient les rayons
du soleil levant, et augmentaient l'éclat de la
lumière du jour. Nous nous mîmes en marche;
je l'ouvrais avec mon épouse, que je tenais par la
main. Le chef de la horde, Kernilla et son frère,
suivaient, précédant des esclaves qui conduisaient
nos troupeaux; tous les Tartares venaient en-

suite pêle-mêle, en silence. Nos pas étaient lents
et mesurés par le son d'une flûte en usage dans le
désert, dont les accens sont graves et mélanco-
liques. J'étais violemment ému ; je sentais aussi
la main d'Aessa trembler. Plus nous approchions
de la hutte redoutable, plus mon trouble augmentait. Enfin je mis le pied sur le seuil de la
porte ; mon épouse était prête à tomber en dé-
faillance. Le cortége s'arrêta, les chants com-
mencèrent de nouveau. Ils disaient : « Ouvre-toi,
» séjour des époux, sanctuaire de l'amour con-
» jugal ! Puisse, sous ton abri, la saison de leur
» bonheur reculer la durée jusqu'à l'hiver de
» leurs jours ! Ouvre-toi, séjour des époux,
» sanctuaire de l'amour conjugal ! »

Cette hymne, quoique courte, dura long-
temps, à cause du ton solennel et du rhythme
lent dont se servent les Tartares. Nous entrâmes, la foule demeura dehors ; alors, selon l'u-
sage d'Asie, Idbé, représentant mes parens, demanda à Kernilla, qui remplaçait ceux d'Aessa,
si elle voulait unir le sort de sa fille au mien.
Sur sa réponse affirmative, il s'adressa à Moukbé,
et lui dit : « Chef des Tartares du pied des monts
» Ourals, je te conjure de solenniser le mariage
» des deux amans qui te sont présentés ; ils sont

» tombés en ta puissance, c'est à toi de prononcer
» la sentence qui doit les lier. » Jeunes gens, reprit Moukbé, convenez-vous de ce que l'on vient
de me demander en votre nom? Oui, dîmes-
nous à la fois. Moukbé s'écria à haute voix :
les deux étrangers sont époux. Alors Aessa ôta
de son sein la lettre de son père : « Voici, dit-
elle, les caractères que traça mon père en mou-
rant, par lesquels il me recommande aux premiers habitans de l'ouest que je trouverais. Je
remets ce gage sacré à celui qui est devenu le
maître de ma destinée ; c'est celui auquel je me
donne au nom de mon père; c'est lui qui doit me
protéger, et que regarde cette recommandation. »
Je reçus de sa main ce dépôt précieux, et je
pressai mes lèvres contre celles de mon épouse,
terme de la cérémonie, et signe chez les Tartares du commencement du mariage. Cependant
les habitans du Step se retirèrent en continuant
l'hymne du bonheur.

Le lendemain, Moukbé fut des premiers à
venir nous visiter. Il y avait dans son regard un
sentiment que je ne pus développer; il me parut qu'il conservait le regret de ne pas avoir
fait d'autres tentatives pour empêcher que je
ne possédasse Aessa. Je crus cependant m'aper-

cevoir qu'il voulait s'habituer à regarder mon
mariage avec indifférence, comme un mal dès-
lors sans remède. Après lui, son épouse et son
frère entrèrent : je vous salue, jeunes époux,
dit Kernilla; j'espère, ajouta Idbé, que nous
avons fait des heureux. Le Tartare, en disant
ces mots, m'ouvrit ses bras, dans lesquels je
me précipitai avec transport. Aessa embrassait
aussi la bonne Kernilla, qui ne cessait de nous
souhaiter mille prospérités.

Voyez comme ces événemens par leur complication, de malheureux qu'ils étaient chacun en
particulier, devenaient pour nous une source
de bonheur. Aessa, exposée à tout appréhender,
Aessa, que l'on avait ravie à sa mère, trouve
une sauvegarde pour sa vertu dans la jalousie
de Kernilla, lorsque son âge commençait à lui
faire craindre des violences de la part de Moukbé.
Cependant elle aurait été la proie du premier
tartare qu'il serait convenu à sa protectrice de
lui donner pour époux, lorsque moi, condamné
à l'esclavage, ou échappant à la mort parce que
je sais le tartare, je fais naître à Kernilla l'idée
de nous unir, dès qu'elle apprend que je suis du
pays de sa protégée. Toutes ces choses, qui sem-
blent au-delà de la sphère des possibles, me jè-

tent, toutes les fois que j'y pense, dans un abyme
de réflexions d'où j'ai peine à me sortir.

On peut dire que mon projet, lorsque j'étais
à Kasan, a eu son exécution, puisque j'ai été
heureux chez les Karakalpaks du Step. Mais si
l'on pense quelle multiplicité de circonstances
favorables il a fallu que je rencontre pour pouvoir demeurer parmi eux, l'on verra que je ne
devais pas, avec raison, espérer de trouver des
chances aussi fortunées!

Cependant je coulais les plus doux instans
dans les bras de mon épouse. Tout prospérait autour de nous ; les troupeaux, dont nous étions
les maîtres, doublèrent en peu de temps ; nos
esclaves travaillaient pour nous avec un zèle in-
fatigable. Si le lait de nos brebis, la chair de nos
agneaux nous fournissaient une saine nourriture,
les montagnes, couvertes de gibier, nous mu-
nissaient d'abondantes provisions. La chasse est
la ressource habituelle des habitans des monts
Ourals ; et je ne manquais jamais, toutes les fois
que l'intention de me pourvoir de la même manière me faisait acheminer vers la cîme des monts,
de revenir avec une si prodigieuse quantité d'ap-
provisionnemens, que deux ou trois semaines
suffisaient à peine à la consommation que nous

ou nos Tartares pouvions en faire. Moukbé m'avait donné un arc qui avait appartenu à son fils unique, mort quelque temps avant mon arrivée. J'appris à m'en servir avec autant de dextérité que les Tartares. Je crois que les avantages de cette arme sont égaux à ceux de nos fusils de chasse, lorsque l'on a acquis dans son usage un certain degré d'habileté. Le désert produit encore, près des montagnes, des herbes et quelques racines qui peuvent varier les alimens ordinaires.

Aessa s'occupait des soins du ménage ; elle apprit la manière de donner un assaisonnement agréable à nos viandes, car les peuples du désert les font seulement griller sur des charbons, lorsqu'ils ne se contentent pas de les faire sécher au soleil. Les esclaves du pays les mangent quelquefois crues; et j'ai vu, lorsqu'ils allaient en course, des Tartares attacher de la chair sanglante sous la selle de leur cheval, et la manger quand elle était mortifiée par la chaleur de l'animal ou le poids du corps.

Aessa, au bout de trois mois, parut enceinte. La joie de la horde entière, qui avait pris un singulier attachement pour nous, ne put être surpassée que par la mienne. Je ne voulus plus permettre que mon épouse vaquât aux moindres occupations; je désirais qu'elle se destinât toute entière aux soins que me parut exiger la conservation de ce fruit précieux.

Le terme de la grossesse de mon épouse approchant, mon inquiétude s'augmenta; je savais que les femmes tartares se délivrent avec facilité, et je craignais que mon Aessa ne fût pas aidée avec adresse par des personnes qui ne connaissaient pas les accouchemens laborieux auxquels les Européennes sont sujettes. Kernilla me donna une esclaye qui se prétendait très-adroite dans cette circonstance; elle s'acquitta effectivement de sa charge, lors des couches d'Aessa, aussi bien que je pouvais le désirer. Cet instant arriva au commencement de la mauvaise saison. Nous étions autour d'un feu, allumé sur la terre au milieu de la cabane, lorsqu'elle ressentit des douleurs qui lui présageaient qu'elle allait me rendre père. Un quart d'heure après je tenais mon enfant dans mes bras. C'était un fils; je le nommai *Shi-ed-kali*, qui signifie dans la langue du Step, *désir du cœur*. Aessa le demanda presqu'aussitôt; dès que je le lui remis, elle lui présenta son sein. Chère épouse, je l'ai nommé *Shi-ed-kali*, lui dis-je: « Mon bien-aimé,

» dit-elle, je ne lui eus pas donné d'autre nom.
» O le *désiré de mon cœur!* image vivante de
» ton père! quelle consolation pour moi, du-
» rant ses plus courtes absences, de croire l'em-
» brasser sans cesse en te pressant contre mon
» sein! » Modére, Aessa, lui dis-je, les sentimens qui t'animent, ton état demande des ménagemens. Elle se tut, moins à cause d'elle-
même que pour suivre l'avis de son époux. Huit
à dix jours suffirent pour la remettre entièrement. J'avais, dans cet intervalle, baptisé mon
fils. Outre son nom tartare, je lui donnai celui
de *Joseph,* qui est aussi le mien.

La famille de Moukbé vint nous porter ses
félicitations : chacun d'eux promit de regarder
mon fils comme le sien. Je n'ai effectivement
qu'à me louer de l'amitié qu'ils lui ont toujours
témoigné. Aessa était ravie de joindre les devoirs
de mère à ceux d'épouse ; elle pensait, avec raison, que la tendresse qu'elle avait pour Shi-ed-
kali réjaillissait sur moi : tout son temps était
employé à son éducation. A six mois il bégayait
déjà son nom et le mien, et nommait les choses les plus nécessaires. Un an était à peine écoulé
depuis sa naissance, qu'il marchait seul et nous
étourdissait de son aimable caquet. Il est vrai que

la liberté que les Tartares laissent à leurs enfans, contribue à les former de bonne heure.
Placés sur une natte de jonc, ils peuvent, sans
lien ni maillot, apprendre à faire usage de
leurs forces : leurs chutes ne sont pas dangereu-
ses, une barrière d'herbes les sépare de tous les
objets qui pourraient leur être nuisibles. Nous
suivìmes les mêmes principes à l'égard de notre
fils, le succès répondit à notre attente : il apprit de lui-même à se relever sur ses pieds, et
jamais en tombant il ne se fit la plus légère con-
tusion.

L'on nourrit les enfans, en Tartarie, du lait de
leur mère, jusqu'à quatre ou cinq ans : je m'af-
franchis de cet usage, et je sevrai Shi-ed-kah
à son quinzième mois. Il devint dans peu excessivement robuste. Sa raison croissait en même
temps : avant l'âge de trois ans il fut en état
de profiter des leçons que je lui donnais. J'eus
soin de graver dans son esprit les premières notions de la religion dans laquelle je voulais l'é-
lever, certain que les premières impressions de-
meurent toujours, et que les effets en renais-
sent immanquablement, quand ils ont été sus-
pendus. Je travaillai à lui donner une idée de
l'arrangement de l'Univers, ainsi que de l'écono-

mie de la nature, et lui expliquai la cause des
météores. Je conserve encore une carte générale
que j'avais dressée sur une peau de brebis, pour
lui faire concevoir la position des diverses parties de la terre. Autant que ma mémoire me
servit, je fis passer dans l'esprit de Shi-ed-kali,
ce que je savais de l'histoire des peuples. Enfin,
je ne négligeai rien de ce qui pouvait contribuer
à le former.

Aessa profitait elle-même des soins que je
donnais à l'éducation de notre fils, malgré les
embarras de sa seconde grossesse, dont le résultat fut deux filles jumelles, qu'elle nourrit à la
fois ; car l'on ne conçoit pas, en Tartarie, qu'il
soit possible à une mère de souffrir qu'une autre
femme allaite son enfant. Je fis porter à la première née de mes filles le nom d'*Aessa* ; je donnai à la seconde celui de *Marie*, autre nom de
sa mère. Tous furent forts en très-peu de temps.

Je ne crois pas qu'il y ait de pays dans le
monde plus favorable à la santé que le midi du
Step : la température de ce climat est très-
douce et l'air vif et pur. Il est difficile de comprendre pourquoi cette contrée n'est pas habitée
préférablement à beaucoup d'autres pays de
l'Asie. J'ai remarqué que le terrain, s'il était

cultivé, y serait d'une grande fertilité. Le Tobol et plusieurs autres riviéres y prennent leurs
sources; et les orages qui se forment aux cimes
des monts Ourals, rafraîchissent délicieusement
les vallées, arrosées d'ailleurs par les torrens
qui descendent des montagnes. Ces chutes immenses forment des lacs au milieu des plaines,
ou vont se perdre dans les sables de l'intérieur
du désert.

Les lieux dont je parle sont sous le quarante-
cinquième degré de latitude : c'est la position du
midi de la France et des pays les plus tempérés
de l'Europe. Je crois que la cause qui fait que
ces régions sont inhabitées, est la médiocrité de
la population du reste de l'Asie; car c'est une
vérité, que proportionnellement à sa grandeur,
elle est beaucoup moins peuplée que l'Europe.
Il est vrai que la Chine et quelques parties de
l'Inde contiennent une grande quantité d'habitans; mais tout le nord et le centre de cette partie du monde, bien que ce soit un espace trois
ou quatre fois plus grand, n'est, en quelque
sorte, qu'un vaste désert : il n'a pas la huitième
partie de la population des contrées du midi.

Les premiers hommes préférèrent sans doute,
à raison de leur mollesse ou de leur peu d'indus-

trie, les pays chauds des bords du Kian ou du Gange, où la terre n'a pas besoin d'être excitée pour fournir tout ce qui est nécessaire à la vie, et où le moindre abri suffit. La multiplication de l'espèce dans ces pays délicieux, les força bientôt à se réunir en corps de nation; alors, le croiriez-vous? les progrès de la population s'arrêtèrent! J'en vois la principale cause dans le despotisme sans bornes des rois de ces états. Là où la faiblesse est extrême, le pouvoir dominateur est infini. Gardons — nous donc de juger comparativement, si nous voulons nous former une juste idée de l'influence du pouvoir despotique sur l'accroissement de la société.

Dans nos climats, où la nature humaine conserve plus d'énergie, le chef nécessaire de la nation ne peut que difficilement acquérir un degré d'autorité qui le rende vraiment absolu; ou, du moins, si son habileté ou la confiance des peuples lui laisse prendre un grand pouvoir, il voile toujours avec soin l'usage qu'il en fait, car il en doit craindre l'abus.

Les rois d'Orient ne gardent pas de pareils ménagemens. Au-dessus de toutes les lois, ce sont des demi-dieux enfermés dans un sanctuaire sacré, d'où ils ne sortent que rarement et avec un grand appareil, pour s'exposer à la vénération des peuples.

Une pareille puissance nuit toujours à l'accroissement de l'état; d'abord, parce que les ministres qui entourent le prince, se servent de sa propre grandeur pour le séparer des hommes, l'éloigner de la plainte importune, et le plonger dans l'indolence, afin de s'emparer de l'autorité pour piller en son nom, à l'abri du murmure, de malheureux esclaves, qui ignorent si leur propriété ne leur sera pas ravie, et qui craignent de donner le jour à des êtres auxquels ils ne pourraient léguer que leur misère! N'oublions pas de compter parmi les causes de la dépopulation, la polygamie, cet usage barbare, s'il en fut jamais, qui prive du mariage et de l'espoir de la postérité la moitié des Orientaux.

Enfin, la séparation des classes des nations du Gange, qui rend les unions mal-aisées, et l'horreur qu'inspirent certaines castes, par exemple, celle des Parias, ajoutent à l'influence des principes que je viens de rapporter. Comment donc pouvoir se persuader que des colonies assez nombreuses pour peupler le Step, abandonnent les Indes afin de se porter vers les monts Ourals?

Peut-être les siècles futurs amèneront le temps

où mes vœux pourront être remplis. J'invoque
pour cela cette civilisation, que j'avais moi-
même accusée d'éloigner les hommes de la nature, mais qui, au vrai, ne fait qu'améliorer
le sort de la société, qui est l'état de l'être rai-
sonnable; elle seule peut déraciner les abus qui
empêchent les sources du bien de couler dans
toutes les parties de l'Univers.

Mes enfans n'avaient jamais été malades, lorsque mon fils, après avoir joué avec ses sœurs
et nos esclaves, fut saisi par un vent frais :
comme il était tout en sueur, il eut la fièvre
avec un délire violent. Je me mépris d'abord sur
la nature de son mal; ce ne fut que le troisième
jour que j'en découvris la cause; jusqu'à ce
moment j'avais fait usage de remèdes entièrement opposés à ceux que je devais employer.
Avant cet instant, croyant que la chaleur,
alors très-forte, avait mis son sang en ébulition,
je composai une boisson rafraichissante, que je
lui fis prendre avec abondance. Je l'eus bientôt
amené aux portes du tombeau sans m'en apercevoir, car le jeune Shi-ed-kali souffrait sans
se plaindre, lorsque mon épouse me fit, par hasard, découvrir ce qui avait dérangé sa santé,
en recommandant à ses filles de ne pas s'expo-

ser à la fraîcheur du soir, parce qu'elle avait
remarqué que leurs jeux enfantins les avaient
considérablement échauffées. Je fus frappé de
cette réflexion ; j'interrogeai nos tartares, mon
fils et ses sœurs, tous me dévoilèrent la vérité.
Je cherchai alors à rappeler la transpiration,
mais vainement, son sang était glacé ; il paraissait au terme de la vie : j'étais au désespoir!
Toute la horde partageait ma douleur : Aessa
avait presque autant besoin de secours que mon
fils. Cependant j'employais des simples dont on
me vantait l'efficacité : Idbé les avait été cueillir
au sommet des montagnes voisines. Tout fut
sans effet. Kernilla voulait faire usage de quelques pratiques superstitieuses, la piété d'Aessa
s'y refusa. La prière de mon épouse ne cessait
de s'élever vers le Ciel. Je ne voyais pas d'autres
ressources, lorsque je crois qu'il m'inspira d'essayer une saignée. Je cherchai un instrument
propre à exécuter mon dessein : mes gens s'ef-
frayèrent. Moukbé fut averti ; il défendit que je
tirasse du sang à Shi-ed-kali. Tous mes raisonnemens et les sollicitations d'Aessa, dont la confiance en moi était sans bornes, ne pouvaient l'engager à m'accorder sa permission ; mais Idbé vint
encore fort à propos pour le faire changer de sen-

timent. Dans ses voyages aux Indes, il avait eu connaissance de l'efficacité de ce secours, et il s'obstina pour que j'en fisse usage. Je me servis de la pointe d'une flèche, et je saignai mon fils en tremblant, car je n'étais pas fort expert dans les opérations de chirurgie. Nous étions environnés d'une foule de Tartares libres, dont les physionomies exprimaient la crainte, qui murmuraient, et peut-être m'auraient empêché de commencer, si la contenance ferme et assurée du frère de leur chef ne les eût retenu ; ils se retirèrent en silence, attendant le résultat d'une chose aussi nouvelle pour eux. Le succès répondit à mon attente : en peu de jours, sans qu'il fût besoin de réitérer, mon fils promit de se rétablir : les Tartares demeurèrent dans l'admiration ! J'acquis une grande considération dans le Step ; ses habitans me regardaient comme un homme divin. Moukbé me traita dès-lors avec beaucoup d'égards. Si je n'eusse pas réussi, peut-être les mêmes personnes, que le sentiment de ma haute science subjuguait, m'auraient déchiré comme l'assassin de mon fils.

Enfin, il fut tout-à-fait hors de danger. Le premier jour qu'il sortit, on l'apporta comme en triomphe à la cabane de Kernilla, qui lui prodigua les plus tendres caresses. Son frère, glorieux d'avoir contribué à opérer cette guérison, que l'on regardait comme un miracle, reprochait à Moukbé l'ignorance qu'il avait montrée en s'opposant à ce qui devait si complétement remplir nos vœux ; et celui-ci ne s'en fàchait pas, parce qu'il s'était habitué à le prendre pour un homme supérieur, encore plus à raison de ses connaissances, que par rapport à sa naissance, qu'il respectait aussi infiniment.

Vous voyez que les hommes sont partout les mêmes. Là, ainsi qu'en Europe, celui que la moindre chose sépare du vulgaire, s'enfle d'orgueil, et cherche à se faire admirer des ignorans, comme si leur stupide suffrage était fait pour flatter celui qui les méprise dans le fond du cœur. Remarquez pourtant que les personnes exposées aux regards du public, sont plus sensibles à l'encens de ceux qui se laissent éblouir par leur réputation , qu'à la froide louange des gens éclairés. Ce n'est pas que je veuille rabaisser, par ce que je viens de dire, le mérite d'Idbé, il en avait assurément beaucoup, par rapport au lieu où il était né, je ne veux que vous faire apercevoir les effets de l'amour propre chez l'homme presque sauvage, comme chez l'homme civilisé.

Lorsque mon épouse et moi fûmes entrés dans la hutte de Kernilla, accompagnés des acclamations de tous les Tartares, pour venir chercher Shi-ed-kali, nous remerciâmes les chefs de la horde des bontés dont ils nous accablaient ; et je le fis dans des termes capables de confirmer la bonne opinion que l'on avait de moi, car je ressentais l'avantage d'être considéré par ceux entre les mains de qui je me trouvais, dont il était utile de captiver l'attention.

Kernilla était vraiment touchée, elle se félicitait intérieurement de m'avoir donné un asile ; et Moukbé, dont vous avez dû remarquer le caractère méchant, mais excessivement faible, me parut partager les sentimens de son épouse et d'Idbé. Ce dernier aura toujours une grande place dans mon cœur ; il semblait avoir été placé en ces lieux par la Providence pour me servir d'appui, car les qualités qu'il réunissait, le rendaient très-propre à me protéger avec énergie. Il est vrai que sa sœur avait commencé à me préparer la voie du bonheur, et qu'il m'avait accordé son assistance moins par considération pour moi qu'à cause de Kernilla, qu'il aimait beaucoup. Alors ce n'était plus le même ressort qui le faisait agir, il avait pris pour ma famille une véritable affection : par réciprocité, nous l'aimions avec tendresse. Il prenait un plaisir singulier à recevoir les caresses naïves de Shi-ed-kali ainsi que de ses sœurs, et jouait à leurs jeux enfantins avec une bonhomie charmante.

Il rapporta Shi-ed-kali dans ses bras lorsque nous sortimes de notre visite à Kernilla. Je crois que sa convalescence lui faisait autant de plaisir qu'à nous , tant il montrait d'ivresse dans les transports de joie qu'il faisait éclater. Je pris dès ce moment, ainsi que mon épouse, une grande confiance dans l'amitié des Tartares. Vous ne tarderez pas à voir que nous ne nous étions pas trompés, puisqu'elle pouvait les porter à se sacrifier pour nous. Cette histoire redoubla mon attachement pour ces bonnes gens. Il est certain que quand on connaît leur caractère, et que l'on est parvenu à l'apprivoiser, il n'y a pas d'amis plus fidèles et de serviteurs plus zélés.

Il a fallu de grandes raisons pour nous faire quitter le Step, que je m'étais habitué à regarder comme ma patrie. Quel que soit mon sort actuel , et la différence extrême des lieux, je vous assure que je regrette quelquefois ces huttes où commença l'amour d'Aessa, et où notre tendresse mutuelle fit notre félicité pendant onze

ans. Je ne me rappelle pas , sans attendrisse-
ment, ces années tranquilles et fortunées. Je vois
encore les monts Ourals couverts de neige , la
forêt à l'entrée de laquelle était située notre
cabane, et le chemin qui conduisait aux autres
huttes, que nous traversâmes le jour de l'hymen ,
sur une couche des plus belles fleurs du désert.

Je parais me contredire, lorsque je vous vante
le bonheur dont je jouissais dans la Tartarie ; il
semble que j'oublie alors la comparaison que j'ai
faite de la vie civilisée à la vie sauvage ; mais
ne vous y trompez pas, je ne prétends point
avancer qu'un homme , qui n'y rencontrerait
pas comme moi des êtres disposés par mille circonstances singulières à le traiter favorablement ,
pût y trouver autre chose que des disgraces.

Il y avait plus d'un an , depuis que j'avais
craint de perdre mon fils, que nous vivions dans
le plus doux repos, lorsque nous apprîmes que
deux seigneurs partis d'Harcas, lieu où le grand
Kan des Kalmuts ou Éluts tient ordinaire-
ment sa cour, venaient par ordre de leur maître
percevoir des chefs de toutes les hordes du désert, les tributs qui lui étaient dûs, et qu'il
avait négligé de recouvrer depuis plusieurs années. Je reçus d'abord cette nouvelle avec in-

différence ; mais voyant que l'on faisait des préparatifs pour les recevoir, je m'informai à Idbé
s'il croyait leur arrivée prochaine. « Malheureu-
» sement, me dit-il. » Sa réponse m'étonna ; je
lui demandai pourquoi il paraissait affecté d'une
chose aussi simple, il me répondit : « Ce n'est
» pas l'obligation où nous nous trouvons de
» payer les tributs au grand Kan qui cause mon
» inquiétude, toujours nous nous sommes ac-
» quittés exactement de ce devoir, c'est le ca-
» ractère de ceux qu'il envoie pour les récla-
» mer. Je ne connais pas Alti, adjoint de ce-
» lui que j'appréhende ; mais Ohitzé, Kan d'Ha-
» rascar, est non-seulement mon ennemi, c'est
» encore celui de tout le monde ; tout choqué
» son caractère atroce, et rien ne peut lui ré-
» sister, parce qu'il est tout-puissant sur l'es-
» prit du grand Kan des Éluts, dont il a
» épousé la fille. L'alliance de son souverain a
» augmenté son audace : je pense que nous en
» pourrons éprouver les dangereux effets. »

Il s'agit, dis-je au fils de Taïbéo, de se conduire envers lui avec la plus grande circons-
pection, peut-être, ajoutai-je, le commissaire
que tu ne connais pas adoucira un peu sa ri-
gueur ; mais comment se fait-il que malgré sa

confiance, le prince lui ait donné un compa-
gnon dans les travaux dont il l'a chargé ? « C'est,
» dit Idbé, l'usage ordinaire pour prévenir les
» dilapidations, que les porteurs de commis-
» sions soient plusieurs, afin de se surveiller mu-
» tuellement : dans ce cas-ci, l'on aura seule-
» ment pour la forme chargé Alti d'accom-
» pagner Ohitzé ; et voilà précisément ce qui
» me fait craindre le Kan d'Harascar, si aucun
» frein n'est donné à son courroux, toujours prêt
» à s'enflammer, comme à son injustice toujours
» active. » Il est ton ennemi, dis-je à Idbé ?
Quelle est la raison qui vous a désunis ? Désunis !
reprit-il, jamais nous ne fûmes amis. Ecoute les
causes de nos différens, et frémis ! « Chargé d'une
» mission à peu près semblable à celle qu'il
» va remplir, le Kan d'Harascar vint dans le
» pays des Barabintzes. Il fut reçu par mon
» père avec les honneurs que méritait l'envoyé
» du grand Kan des Kalmuts ; mais après avoir
» exécuté les ordres du monarque avec une vio-
» lence qui lui aliéna tous les cœurs, il viola
» les lois de l'hospitalité d'une manière affreuse.
» S'étant fait présenter ma mère Ehila, il dé-
» sira l'avoir en sa puissance, et osa la de-
» mander à Taibéo, qui lui représenta : Que

» son épouse n'était pas son esclave ; que d'après

» l'usage des Barabintzes il ne pouvait avoir

» qu'une femme ; que c'était Ehila qu'il avait

» choisie, qu'il lui avait juré une fidélité éter-

» nelle , et qu'il se laisserait plutôt ôter la vie,

» que de consentir à la perdre. Ohitzé dissi-

» mula ; mais la veille de son départ, qui de-

» vait s'effectuer durant la nuit, après avoir

» pris congé de la horde, il fit mettre le feu à

» nos huttes , pendant notre sommeil , après

» s'être emparé de ma mère, dont la cabane

» était malheureusement séparée de celle de

» Taïbéo , et partit. Sans doute il croyait que

» nous serions retenus par la crainte, mais mon

» sang était trop bouillant pour supporter un

» tel affront ! Malgré les représentations de mon

» père, qui craignait le courroux du grand Kan,

» dont Ohitzé était déjà le favori, je rassemblai

» mes amis ; nous poursuivîmes le scélérat jus-

» qu'au lac Karzana. Lorsqu'il se vit atteint par

» notre troupe, beaucoup plus complète que la

» sienne, car nous avions été joints par un nombre

» infini de Tartares qu'il avait mécontenté pen-

» dant sa mission , il composa, et renvoya ma

» mère. Nous nous retirâmes, en protestant que

» nous avions été poussés par une violence inouïe

» à maltraiter l'envoyé du grand Kan. Ohitzé,
» malgré la rage qu'il en eut, passa dans son
» rapport toute cette·affaire sous silence, les
» moyens de vengeance lui étant ôtés, parce
» qu'il ne pouvait, sans se perdre, employer
» le nom du grand Kan pour se satisfaire,
» et que ses propres forces étaient insuffisantes,
» tous les Barabintzes s'étant soulevés à ma voix :
» d'ailleurs, quoique ce prince l'aimât beau-
» coup, il est juste, et n'eût pas consenti à de-
» venir l'instrument de sa colère contre des su-
» jets qu'il avait vexé. Les temps sont bien
» changés ! Ohitzé est honoré depuis ; de l'al-
» liance de son maître, vieux et infirme, dont
» lui ou son épouse disposent à leur. gré. Je
» ne sais si je dois l'attendre, ou me réfugier
» chez mon père : si je balance, c'est parce que
» je serais fâché qu'il pensât que j'aie pu le
» craindre, quoique l'escorte qui l'accompagne
» soit une armée. »

Je connaissais la fierté d'Idbé, je craignis de
lui donner le conseil de la fuite. « Je suis presque
» déterminé, continua-t-il, à demeurer parmi
» vous, peut-être que le Kan d'Harascar aura été
» amené par le temps à des sentimens plus mo-
» dérés ; dans tous les cas, mes tartares et moi

» périront plutôt que de souffrir de sa part
» aucun mauvais traitement. Ma sœur a d'ailleurs
» engagé son époux, que protègent des amis
» puissans, à lui opposer résistance s'il vou—
» lait agir d'une manière violente à mon égard. »
Je ne désapprouvai point Idbé, quoique je crai-
gnisse pour lui, d'après ce qu'il m'avait dit
d'Ohitzé.

Je ne sais quel pressentiment funeste s'empara de mon ame au sujet d'Aessa. S'il allait,
me dis-je, en venir amoureux, s'il voulait me
la ravir! Je réfléchissais aux moyens de la sous-
traire à ses regards : une sombre tristesse obs-
curcit la sérénité de mes jours. Mon épouse s'en
aperçut, elle m'interrogea avec tendresse; je
ne pus lui faire un secret du trouble de mon
cœur, et je lui dis ce que m'avait confié le fils
de Taibéo. Dieu! dit-elle, comment prévenir
un malheur qui ne me paraît que trop certain?
Le barbare me distinguera sûrement parmi les
femmes tartares. Quelle ressource trouver pour
me garantir des désirs d'Ohitzé? Pourrions-nous
exposer nos bons amis à sa fureur! Je ne vois
d'autre parti à prendre, lui répondis-je, que celui
de te dérober, s'il est possible, à la vue du Kan
d'Harascar. Ce projet souffre bien des difficultés,

mais il faut en conférer avec Kernilla, je ne
doute pas qu'elle ne s'en occupe avec succès.

Nous fûmes chez l'épouse de Moukbé. O ma
protectrice! lui dis-je, je viens encore réclamer
ton assistance généreuse; je tremble pour mon
Aessa, de la vue de l'envoyé du grand Kan! Ah!
dit-elle, je ne le connais que trop, je partage
tes angoisses; il est hors de doute que la beauté
d'Aessa allumera une flamme impure qu'il cher-
chera à alimenter par quelques crimes. « O Ker-
» nilla! dit Aessa, si je m'enfonçais dans le dé-
» sert avec mon époux et mes enfans, pendant
» le temps qu'il habitera vos huttes? » Ne t'ex-
pose pas, reprit-elle, à fuir dans le Step, que ses
gens parcoureront sans doute, et où d'ailleurs
tu pourrais rencontrer d'autres hordes tartares
dont tu deviendrais la proie : va plutôt vers les
monts Ourals, leurs cavernes t'offrent un natu-
rel asile. J'y consens, dis-je aussitôt : que ma
hutte soit habitée par quelques tartares amis,
et nous partons à l'instant pour chercher un abri
dans les montagnes.

Idbé, qui entra sur le champ, s'informa du
sujet des alarmes que nous témoignions. « Quoi!
» dit-il, dès qu'il en fut instruit, vous me faites
» l'injure de croire que je vous abandonnerai à la

» merci du Kan d'Harascar! Vous doutez donc
» de l'amitié que je vous ai vouée? Non, soyez
» sans crainte, ne quittez pas la horde, n'allez
» pas vers les monts Ourals chercher une retraite,
» qui serait d'autant moins assurée, que la chasse
» y attirera tous les jours quelques Eluts de la
» suite d'Ohitzé; je vous défendrai contre lui
» avec la même force que j'emploirai à ma
» défense personnelle, s'il me veut faire éprou-
» ver son ressentiment. Demeure tranquille,
» Aessa; et toi, Desrosier, repose-toi sur mon
» courage, il ne vous abandonnera pas. » Je
n'osai refuser Idbé, et je résolus d'attendre
l'événement, en me promettant de n'exposer
Aessa aux regards du Kan d'Harascar, qu'à la
dernière extrémité.

Tu garderas notre cabane, dis-je à Aessa, et
tu ne paraîtras que dans le cas qu'Ohitzé vienne
la visiter. Je remerciai cependant Kernilla ainsi
que son frère, et m'acheminai tristement vers
ma demeure, absorbé dans mes réflexions. Je
m'arrêtai à deux idées qui me consolèrent un
peu; en premier lieu, que l'effet de la beauté
d'Aessa ne devait pas être aussi prompt que je
l'avais craint d'abord, parce que ses traits n'a-
vaient pas le même agrément pour les tartares

que pour moi, ces peuples considérant comme
une perfection ce que nous n'envisageons que
comme une difformité ; ensuite l'âge du Kan
d'Harascar, déjà vieux lors de l'aventure d'Ehila, arrivée dans la jeunesse d'Idbé, qui en ce
moment avait plus de quarante ans.

Moukbé vint me voir ; et comme si l'ascendant
de son épouse et la détermination de son frère
ne l'eussent pas obligé de s'unir avec Idbé, pour
repousser par la force les violences que l'on pourrait lui faire, ainsi qu'à nous, il voulut se faire
un mérite de l'offre de son secours, qu'il nous
fit avec une grande ostentation. « Vous avez,
» nous dit-il, gagné mon cœur, je me déclare
» votre ami ; je sais que vous craignez d'éprou-
» ver de la part d'Ohitzé quelques désagrémens,
» je les préviendrai ; mes amis, mes gens, ceux
» de mon frère et moi, veilleront autour de vous.
» J'ai promis d'aider Idbé, si le Kan d'Harascar
» n'a pas cessé d'être son ennemi ; la sauve-
» garde que je lui offre sera aussi la vôtre : je ne
» doute pas qu'il ne vous ait déjà assuré de ses
» services, il vous aime, et je partage ses sen-
» timens. » Je louai beaucoup Moukbé de sa
générosité, en l'assurant que je mettais ma confiance dans ses promesses.

Je frémissais cependant, en pensant que peut-être j'occasionnerais quelques combats sanglans. Il me tardait que ce cruel moment fût passé. Aessa partageait mon inquiétude, et invoquait sans cesse celui dont l'appui ne lui avait jamais manqué. De concert avec elle je m'adressai au Ciel, de lui seul pouvait venir une force capable de réprimer les efforts des puissans de la terre; je la demandais avec une grande ferveur : mes vœux furent encore exaucés.

Quelques jours avant l'arrivée des envoyés du grand Kan, Idbé vint me proposer un nouveau moyen de préserver mon épouse des poursuites d'Ohitzé. Il me parut si séduisant, que je l'adoptai avec une trop grande précipitation, car il blessait la sincérité que la religion commande dans toutes les circonstances. « Ami, me dit-il,
» voici un projet qui te met entièrement à l'abri
» de ce que tu appréhendes : consens à ce que
» Aessa passe pour mon épouse, tu seras son
» frère, je t'aurais amené dans le Step lors de
» mon voyage de l'Inde : tu n'as rien à craindre
» de ma part; compte aussi sur la fidélité des
» Tartares, personne ne trahira notre secret.
» Alors, si la férocité d'Ohitzé s'est adoucie, ou
» s'il ne croit pas pouvoir m'attaquer avec suc-

» cés., elle n'aura rien à craindre de lui; dans le
» cas contraire, votre cause devient la mienne.
» S'il insulte Aessa, il ne le fera que pour com-
» mencer la querelle : que ce soit de cette
» manière ou d'une autre, il provoquera ma
» défense. ainsi ce ne sera pas vous qui aurez
» causé la guerre terrible que je lui ferai, puis-
» qu'il aura eu visiblement l'intention de m'of-
» fenser. » Je connaissais Idbé trop généreux,
pour que je crusse qu'il agît dans de mauvaises
vues. Je lui confiai Aessa sans répugnance: une
hutte fut construite pour elle, proche de la
sienne, pour le temps que les envoyés demeu-
reraient au pied des monts Ourals.

La ressemblance extrême de mes enfans avec
moi, fit que nous convînmes d'avouer qu'ils
m'appartenaient. Laissant croire que j'étais privé
de mon épouse depuis peu de temps, il fallut, en
signe de deuil, faire croître mes cheveux ; je ne
portai plus ni bonnet, ni ceinture; et, suivant l'u-
sage du Step, je me rasais la barbe d'un seul côté.

Mes enfans, dont la raison était au-dessus
de leur âge, apprirent ce qu'ils devaient répondre
en cas qu'ils fussent interrogés : tous nos esclaves reçurent pareillement des instructions dont
ils ne s'écartèrent pas dans la suite ; alors je me
rassurai.

Bientôt arrivèrent les Tartares voisins , amis de Moukbé et d'Idbé ; leur nombre était fort grand : ils dressèrent leurs tentes tout autour de nos huttes, formant un camp très-étendu depuis l'entrée de la forêt, jusqu'au pied des monts Ourals. Il faudra, disais-je, qu'Ohitzé soit suivi d'une grande armée, s'il ne se laisse pas intimider par des préparatifs aussi imposans.

Un tartare, dépêché au-devant de lui, nous annonça enfin son arrivée. Le lendemain , dès la pointe du jour, nous vîmes descendre du mont Raptis, montagne de la chaine des monts Ourals, du côté de l'est, la troupe qui accompagnait le Kan d'Harascar. La plaine fut bientôt remplie de ses gens : j'évaluai au double du nombre des nôtres , celui des Tartares de l'escorte des envoyés du grand Kan. Les chefs des hordes de notre parti sortirent du camp et s'avancèrent au-devant d'eux , sous prétexte de leur faire honneur. Ohitzé et Alti vinrent à leur rencontre ; et après les premiers complimens, ils donnèrent des ordres pour le campement de leur armée , qui s'effectua à une certaine distance de nous : ils vinrent ensuite avec un petit nombre des leurs , s'établir, contre notre attente, 'au milieu de notre camp, où on leur dressa une tente magnifique.

Je ne sais si Ohitzé avait été surpris de notre
réception, ou s'il fut engagé à cette démarche
par Alti, dont tout à l'heure je vous tracerai
le portrait, et qui était bien autrement puissant que je ne le croyais : il ne se contenta pas
d'avoir marqué aussi peu de défiance en se mettant entre les mains des parens ou amis d'Idbé.
Il voulut le voir lui-même, et s'excusa sur l'empire qu'il avait autrefois laissé prendre à ses passions, de ses mauvais procédés envers son père,
finissant par le supplier, s'il ne voulait pas être
son ami, de lui pardonner du moins, et de le
traiter avec indifférence. Le bon Idbé croyant à
toutes ses démonstrations, lui promit qu'il met-
trait en oubli les sujets qu'il lui avait donné de
se plaindre de lui, et qu'il s'empresserait de lui
prouver qu'il ne gardait aucune rancune de ce
qui s'était passé entr'eux.

Il faut que dès à présent je vous parle de cet
Alti, qui avait su prendre de l'ascendant sur l'in-
domptable Ohitzé. En voici les raisons : Le grand
Kan des Kalmuts, dans l'âge le plus avancé,
avait abandonné toute l'autorité à son fils ainé :
Alti était l'ami intime du jeune prince, et dis-
posait de ses volontés. Il est vrai qu'il ne con-
trariait pas ouvertement le Kan d'Harascar, mal-

gré la haine qu'il lui inspirait, par égard pour
le gendre de son souverain, se contentant de
modérer sa violence. Ohitzé, de son côté, en
vrai courtisan, ménageait celui qui possédait
la faveur du prince des Kalmuts.

Alti avait l'ame grande et généreuse, l'esprit
juste et élevé; la beauté de son visage préve-
nait au premier abord en sa faveur: c'est le tartare le mieux fait que j'aie vu.

Ce ne fut, pendant quelques jours, que fêtes
et réjouissances, après lesquelles les envoyés ré-
clamèrent les tributs, qui leur furent payés sur
le champ. Le Kan d'Harascar n'avait point encore vu Aessa; peut-être serait-il parti sans
la voir, mais il me rencontra un jour par hasard. Quel est cet étranger? demanda-t-il. Il était
accompagné de Moukbé, qui lui répondit : C'est
le frère do l'épouse d'Idbé, qui a suivi sa sœur
des bords du Gange, avec sa femme qu'il vient
de perdre, et ses trois enfans. La première réflexion que manifesta Ohitzé, fut qu'il ne savait pas qu'Idbé fût marié. Il demanda à voir
l'étrangère avec laquelle il était uni. On le con-
duisit à la tente d'Aessa, qu'il vit avec assez de
froideur. Idbé vint le soir m'avertir du résultat
de l'entrevue d'Ohitzé et de mon épouse. Je crus

que tout était terminé, lorsqu'il m'assura qu'il avait à peine daigné la regarder ; mais nous étions dans une erreur bien grossière. Ohitzé s'était occupé, en la quittant, des moyens de la ravir à Idbé, non point par passion, mais seulement à cause de la haine qu'il lui portait dans le cœur. Il ne voulut cependant pas employer la violence, qu'il craignait ne pas pouvoir lui réussir, soit à raison de notre résistance, ou de l'opposition qu'Alti y aurait mis. Il résolut donc d'imaginer quelque artifice. Voici celui auquel il s'arrêta, et qu'Izola, son confident, gagné par Alti qui le faisait toujours observer, avoua :

Ohitzé voulait me parler et m'engager à le suivre à la cour du grand Kan. Il devait s'occuper avec ardeur à me mettre dans les bonnes grâces du prince, auquel il aurait parlé de ma sœur, afin de lui inspirer le désir de l'avoir à sa cour. Chargé d'un ordre du grand Kan, il eut lui-même, pour éviter tout soupçon, porté cette nouvelle à Idbé, en lui exagérant et la faveur dont je jouissais auprès du monarque, et les soins qu'il s'était donné pour me la procurer. Si le crédule Idbé, trompé par ses protestations, consentait à le suivre, alors des scélérats, apostés sur le chemin d'Harcas, en feignant de

l'attaquer lui-même, tombaient sur Idbé et en-
levaient son épouse. Alti ne voulut pas contrarier ce dessein, parce que l'exécution en étant
éloignée, il avait le temps d'instruire le Kan des
Kalmuts, avant que le terme des désirs d'Ohitzé
fût arrivé. Cependant le barbare vieillard vint
dès le matin me trouver dans ma hutte : je frémis
en le voyant !

« Etranger, me dit-il, un sentiment de cu-
» riosité m'appelle auprès de toi : tu viens des
» pays lointains, daigne m'instruire du lieu qui
» t'a donné la naissance ? » Je suis Français, lui
dis-je : c'est un peuple de l'ouest de l'Europe,
qui ne t'est sûrement pas inconnu. « Non, dit-
» t-il, mais quelle est la raison qui t'a conduit
» dans ces contrées ? » Je lui répondis : Vénérable
Ohitzé, ce sont les intérêts de ma fortune. Je ne
pouvais m'exprimer avec assez de facilité dans la
langue de la Tartarie, pour lui raconter la longue histoire de mes malheurs. « Ces enfans sont
» les tiens ? » dit - il, en apercevant ma fille
Marie et Shi-ed-kali dans un coin de la tente,
et les fixant beaucoup. Oui, lui dis-je. « Ton
» épouse était Indienne ? » continua-t-il. Non ;
ainsi que moi elle est née en Europe. J'ajoutai
imprudemment que je l'avais perdue dans le Step.

Il me regarda fixement, et s'aperçut que j'étais
en deuil. « Comment, dit-il, tu pouvais vivre
» dans les Indes, et tu entraînes avec toi dans
» le désert ta femme et tes enfans ? Je croyais
» d'abord qu'elle était morte avant de quitter
» les terres du Gange. Approche ici, mon ami. »
Il prit alors Shi-ed-kali par la main, et lui fit
quelques questions, auxquelles il répondit avec
beaucoup de justesse ; mais lorsqu'il lui demanda
le nom de sa mère, il répondit, sans réflexion,
Aessa. Ohitzé avait entendu ainsi nommer l'é-
pouse d'Idbé ; il dissimula son étonnement. Je
m'aperçus qu'il était frappé de la ressemblance
de mon fils avec la femme qu'il avait vue. Il
sortit pour éclaircir ses soupçons et mûrir les
nouveaux desseins que lui avait suggéré la dé-
couverte qu'il croyait avoir faite.

En effet, loin de penser, en s'apercevant que
Shi-ed-kali et sa sœur étaient fils d'Aessa, que
celle-ci pouvait être mon épouse, il se figura
au contraire (ce qui paraissait bien plus probable), que ceux-là étaient nés d'Idbé : il crut
avoir trouvé la raison de ce mystère dans l'idée
qu'il eut qu'Idbé étant occupé de la garde de son
épouse, avait eu des appréhensions pour ses
enfans, et jugé à propos de les faire passer pour

ceux de son beau-frère, en les mettant sous sa
surveillance. Alors il abandonna son premier
projet, croyant qu'il serait aussi douloureux
pour le fils de Taïbéo d'être privé d'un enfant
chéri, que de son Aessa Il chercha de suite les
moyens de s'en emparer, lorsqu'il serait plei-
nement convaincu qu'il ne se trompait pas : ce
qu'il crut d'autant plus facile, qu'Idbé, pensa-
t-il, n'avouerait pas que Shi-ed-kali fût son
fils s'il le lui demandait, aimant mieux le lui
abandonner, dans l'ignorance où il le croirait
de la vérité.

Deux jours après il vint me trouver, et me
dit : « Jeune homme, tu m'as singulièrement
» intéressé, je souhaite te faire du bien : j'ai
» remarqué que tu avais plusieurs enfans, je
» désire en amener un à la cour du grand Kan,
» mon beau-père : son avancement sera prompt,
» car je ne doute pas qu'il ne plaise à ce prince,
» et je te le demande en son nom. » Il prononça ces dernières paroles avec un ton capable
de m'intimider; cependant je lui répondis avec
fermeté : Que l'honneur qu'il me faisait était
bien grand, mais que je ne saurais me résoudre
à perdre mon fils de vue; qu'Idbé, son oncle
(et je disais cela pour m'appuyer en cas de vio-

lence), l'aimait aussi beaucoup, et ne pourrait, non plus que moi, se séparer de lui. Il
prit un air très-doux , et me dit : « Tu as tort
» de t'opposer au bonheur de ton fils, avec un
» peu de réflexion tu changeras de pensée. Je te
» laisse jusqu'à demain pour y songer et te con-
» sulter avec ton beau-frère, auquel je parlerai
» aussi à ce sujet. Vous vous souviendrez, les
» uns et les autres, que c'est au nom du grand
» Kan que je fais cette demande ; je prierai mon
» collègue de vous la réitérer, ainsi qu'au chef
» de la horde, afin de vous ôter toute défiance ;
» car je vois que vous en avez envers moi. »
Et il sortit.

D'après ces derniers mots, je vis bien qu'il
n'avait d'autre dessein que de ravir l'enfant qu'il
croyait le fils d'Idbé. Je volai chez ce dernier, à
qui je fis part, dans le plus grand détail, de la demande du Kan d'Harascar. Pour la première fois
je le vis chanceler. Voici ce qu'il me dit : « Ami,
» Ohitzé n'a fait aucune tentation sur Aessa,
» qu'il croit mon épouse ; il m'a prodigué ses
» caresses, pourquoi voudrais-tu qu'il assouvit
» sa vengeance sur ton fils, et qu'il se servît
» pour cela du sage Alti, ainsi que du nom de
» son maître? N'est-il pas plus simple de croire

» qu'il veut commencer à me prouver qu'il a
» l'intention de réparer ses torts envers moi,
» en s'occupant du sort des personnes qu'il croit
» me tenir de près. » J'allais répliquer, lorsqu'un esclave, dépêché par Moukbé, vint me
chercher chez le fils de Taibéo, nous invitant à
nous rendre de suite auprès de lui. Nous nous
transportâmes dans la tente du chef de la horde:
les deux seigneurs Elurts y étaient, et l'on y avait
amené Shi—ed—kali. « Desrosier, me dit Moukbé,
» l'on te demande ton fils pour le faire élever à
» Harcas, je crois que tu ne dois pas t'y refuser.»
Alti prit la parole : « Jeune homme, je te réponds
» de lui ; Ohitzé, pour éviter, dit-il, toute dé-
» fiance, me le confie : c'est moi qui me charge
» de le présenter. » Idbé, que ces promesses
subjuguaient, qui croyait même m'obliger,
s'empressa de dire : Seigneurs, mon beau — frère
accepte cet honneur avec reconnaissance. Cette
condescendance déconcerta un peu Ohitzé. Je
m'écriai alors : Quoi! malgré moi, mon fils....!
Idbé voulait me faire taire, et me disait à l'o-
reille : Le grand Kan.....! Alti.....! Alors je me
crus délaissé, mon cœur se serra, et je m'éva-
nouis."

"Pendant que l'on s'empressait à me secourir,

le Kan d'Harascar amenait Shi-ed-kali, non dans
les tentes que nous lui avions préparées, mais
dans son camp, qu'il allait faire lever, sa mission étant terminée.

Je restai trois heures sans connaissance. Lorsque je revins à moi, je me trouvai dans les bras
d'Aessa et de mon fils : jugez de mon étonnement! Alti était présent. Voici ce qu'on me ra-
conta : A peine Ohitzé était-il parti avec Shi-ed-
kali, que l'on avait instruit mon épouse de ce
qui venait d'arriver. Hors d'elle-même, sans faire
de plus amples réflexions, elle avait tout de suite
volé au camp des envoyés du grand Kan, accompagnée d'une de ses femmes et d'un esclave mâle,
jeune enfant de quatorze ans, nommé *Irtil,* qui
nous etait très-attaché. Arrivée à la tente de
Ohitzé, qui venait d'y entrer avec Alti et Shi-
ed-kali, elle se jeta à ses pieds, lui demandant
son fils. « Ton fils! lui dit Ohitzé, mais je le
» tiens de celui qui se fait passer pour son père :
» qu'il le soit ou non, je ne le rendrai pas.
» Quant à toi (la présence d'Alti le faisait parler
» ainsi), rapporte à Idbé qu'il a tort de craindre
» pour son fils, car je vois bien que je ne me
» trompe pas, et qu'il lui appartient. Je ne veux
lui faire aucun mal : si j'étais encore son en-

» nemi, je ne te laisserais pas aller toi-même,
» puisque tu es en ma puissance. » Je ne suis
pas l'épouse d'Idbé, dit Aessa épouvantée; mais
rends-moi mon fils! Et toi, généreux Alti....!
« Tu n'es pas l'épouse du fils de Taibéo, dit
» Alti, pourquoi donc prendre ce titre ? » Aessa
interdite, ne répondait que par ces mots :
Rends-moi mon fils! rends-moi mon fils....!
« Ruse, dit Ohitzé, elle ne parle ainsi que parce
» qu'elle craint que je ne la retienne elle-même.
» Tu es libre : quant à ton fils, s'il est celui
» d'Idbé, il me l'a lui-même confié; s'il est à
» l'étranger, son père ne s'est pas opposé qu'il
» me fût donné. » Alors il ordonna à ses gens
de mettre mon épouse dehors de la tente. Alti
demandait des explications, et criait : « Point
» de violence. » Mais Ohitzé remettant Shi-ed-
kali entre les mains d'un esclave, en même temps
qu'il disait : « Alti, le père de cet enfant, son
» oncle, le chef de la horde, tous l'ont confié
» à vos soins et aux miens; ainsi, les mensonges
» ou les pleurs de cette femme !..... » Il prit
Aessa barbarement par les bras (personne n'ayant
osé la toucher), et la poussait hors de la tente:
alors notre esclave Irtil, hors de lui du traitement que l'on faisait à sa maîtresse chérie, ôta

son cimeterre, et étendit le Kan d'Harascar sans vie à ses pieds. Le misérable fut aussitôt taillé en pièces par les gardes de l'envoyé tartare : peut-être que sans Alti mon épouse eût été la victime de leur fureur ! Témoin de ce qui avait porté le jeune Irtil à cette action, ce généreux seigneur, en donnant lui-même des secours à Aessa, qu'une telle scène avait privée de ses sens, s'informa de la vérité à la femme qui l'avait accompagnée. Alors Alti, qu'Izola avait déjà instruit des desseins d'Ohitzé, comprit toute l'atrocité de sa conduite : il regarda comme une punition la mort qu'il avait subie, et donna de suite ses ordres pour empêcher que son escorte, excitée par ses fidèles serviteurs, ne cherchât, pour le venger, à surprendre la horde des monts Ourals, qui ne se tenait pas sur ses gardes. Il se promit d'instruire lui-même le grand Kan des circonstances de cet événement, afin d'en prévenir les suites : c'est ce qu'il venait nous assurer avec bonté, lorsqu'il accompagna mon épouse et Shi-ed-kali vers notre camp. Il nous recommanda de nous tenir en armes, dans le cas que son autorité et les forces des siens ne pussent pas réprimer les gens du Kan d'Harascar. Il nous dit aussi comment il avait été instruit

de tous les desseins d'Ohitzé, dont il se serait
occupé de prévenir les mauvais effets. Jugez de
l'ardeur de nos remercimens, nous ne pouvions
quitter ses genoux que nous tenions embrassés!

Cependant Idbé s'excusait de toutes ses forces,
d'avoir imprudemment laissé mon fils entre les
mains de son ennemi, dont il n'avait pas pénétré
les desseins. Je priai ce bon tartare d'oublier
les maux dont il avait été la cause involontaire,
puisque tout avait tourné à notre satisfaction,
à la mort de l'esclave Irtil près, auquel nous don-
nâmes des larmes! Moukbé s'excusa aussi; il dit
que ce qui l'avait déterminé à abandonner Shi-
ed-kali, était les assurances de la bouche d'Alti,
qu'il regardait comme sacrées. Je le crus; effectivement il était sincère.

Enfin les tartares Eluts s'éloignèrent. Les
amis d'Idbé prirent congé de lui, et nous quittè-
rent peu après. Nous rentrâmes alors dans le
repos qu'avaient interrompu les événemens pré-
cédens. Je me livrai tout entier au soin de former Sbi-ed-kali : cet aimable enfant nous était
encore plus cher depuis que nous avions failli à
le perdre. Ce n'est pas que nous n'aimions ses
sœurs avec une grande tendresse, mais il est dans
la nature de concevoir une plus forte affection

pour l'objet dont la conservation nous donne plus de peine. Je suis assuré que si Ohitzé eût réussi dans ses projets, ce coup fatal, qui déjà avait fait défaillir toutes les forces de mon cœur, m'aurait enlevé mon épouse.

J'admirai la Providence, qui avait veillé sur nous, adorant avec une ame reconnaissante la main qui conduit tous les événemens. Je reconnus alors qu'une sincérité pleine et entière m'eût beaucoup mieux servi que les vains déguisemens sous lesquels j'avais caché l'état de ma famille et le mien. Je m'humiliai devant la sagesse suprême, que j'avais blessée par ma défiance, mêlant l'expression de mes regrets à celle de ma gratitude, pour les bienfaits continuels de cette bonté sans bornes.

S'il existe dans le monde une balance de biens et de maux, il est certain que la faiblesse de la nature humaine est telle, qu'elle est accablée pour peu que le mal l'emporte. Mais moi, toujours en butte à des malheurs, que leur complication rend encore plus difficiles à supporter, lorsque leur force m'entraîne dans un abyme, séjour du désespoir et de la mort, je trouve un contre-poids qui me replace au lieu d'où j'étais tombé.

Un an se passa depuis l'aventure du Kan d'Harascar. Je croyais terminer mes jours en Tarta-
tarie, mais le Ciel en avait ordonné autrement!
La bonne Kernilla tomba malade : tous les soins
furent inutiles, au bout de six jours elle n'était
plus!

La douleur de tous les tartures ne se peut
décrire. On n'entendait que des cris et des sanglots. Aessa s'évanouit. Idbé marquait le désespoir le plus violent. J'étais absorbé dans une
vraie douleur, que Moukbé feignait en même
temps de partager. Nous ne pouvions nous séparer du corps de Kernilla : ce ne fut qu'avec
une sorte de violence que l'on nous arracha de
sa hutte.

Pauvre Kernilla! Sa perte fut une des épreuves
les plus rudes de ma vie! Quand je considère les
obligations éternelles que je lui dois, comme à
l'artisan de mon bonheur, cette pensée aug-
mente les regrets qu'elle mérite. Cette femme
généreuse avait un cœur excellent et une belle
ame : malheureusement les préjugés dont elle était
imbue m'avaient empéché, jusqu'alors, d'ouvrir ses yeux à la lumière de la vérité.

« Ah! Desrosier, me disait Idbé en voyant
» couler mes pleurs, combien ta douleur m'est

» précieuse! Comme j'aime à te voir sensible à
» la perte de ma sœur bien-aimée! La fin de
» ma vie pourra seule rompre les liens de l'ami-
» tié que je te voue. Tu m'aideras à rendre les
» derniers devoirs. à Kernilla : nous pleurerons
» ensemble sur elle avant de la livrer à la terre.
» O Dieu! ma tendre sœur va donc être consu-
» mée par cette terre où se trouvent tant de
» traces de ses bienfaits! Je ne puis supporter
» cette idée. » Cher Idbé, lui dis-je, quoique
j'aie besoin moi-même de consolation, je te conjure de modérer ta douleur : n'abrège pas tes
jours par ton désespoir, ô Idbé! Mais ces exhor-
tations, données en gémissant, ne produisaient
pas un grand effet ; au contraire, elles paraissaient propres à augmenter sa peine. Nous étions
entourés d'un deuil général. Les femmes tartares lavaient le corps de Kernilla, et l'envelop-
paient des vêtemens de la mort. On brûla autour de sa hutte des plantes aromatiques. Le
soir, au lever de la lune, Moukbé fit un sacri-
fice à son idole. Je me gardai de paraître pendant cette odieuse cérémonie, et je demeurai
dans ma tente.

Dès le matin du jour suivant, Idbé vint me
trouver, et me dit : « Desrosier, je ne sais si

» j'aurai la force d'accompaguer ma sœur jus-
» que dans le tombeau ; aurai-je le courage de
» planter l'arbre de la mort ? » Je lui promis de
m'acquitter pour lui de ce devoir. L'usage dans
le Step est de planter, le jour de l'inhumation,
un arbre sur la fosse : le plus proche parent s'occupe de ce soin, ou se fait suppléer par un ami.
Pouvant le faire au lieu d'Idbé, je m'efforçai
de soulager d'autant sa douleur.

Déjà nous entendions le bruit d'une sorte de
tambour de peau de cheval, dont les Tartares
se servent à la guerre ou dans leurs cérémonies.
Le son de la flûte qui accompagnait les chants
funèbres se fit aussi entendre. Il est temps de
partir, dis-je à Idbé : son cœur se serra, je crus
qu'il allait expirer! J'ajoutai, cher Idbé, reviens à toi : qu'est devenue la fermeté de ton
ame? Allons, suis-moi. « Oh! dit-il, plus j'ap-
» proche de ce moment terrible, plus je fré-
» mis ! Quoi ! je vais perdre jusqu'aux restes
» de ma sœur ! Je vais donc les embrasser pour
» 'a dernière fois, si encore on veut me le per-
» mettre! O Dieu! mon désespoir m'égare....!
» Je crains de ne pas souffrir qu'elle soit des-
» cendue au tombeau. O Ciel!..... » Je le serrai
entre mes bras, employant toutes les res-

sources que me fournit mon esprit pour le cal-
mer un peu. Lorsque je crus y être parvenu,
je l'entraînai vers la hutte où le corps de Kernilla était encore. Moukbé le livra aux femmes
qui devaient le porter tour à tour. Elles étaient
couronnées de fleurs pâles. Tous les tartares
portaient quelques signes de douleur: point d'armes, point de bonnets ni de ceintures, les vêtemens lâches et traînans, la tête baissée, les
bras joints sur la poitrine, et marchant d'un
pas lent, mesuré par le son de la flûte du désert.

Moukbé était à la tête du cortège funèbre,
suivi des tartares libres ; les esclaves venaient
après, parsemant le chemin d'une grande quantité de fleurs de deuil : ils précédaient le corps
de Kernilla, entouré de ses femmes en pleurs,
que je suivais avec Aessa et Idbé.

Pendant que les tartares faisaient retentir l'air
de leurs chants lugubres, nous marchions vers
les monts Ourals, où est la sépulture des habitans du midi du Step. Nous arrivâmes enfin à
la vallée des tombeaux, située entre deux montagnes, couverte de grandes pierres, et ombra-
gée par les arbres de la mort. Alors les chants
cessèrent pour faire place aux gémissemens et
aux cris ! Les cavernes des monts en augmen-

taient le bruit, qui ne cessa de s'accroître pendant que les esclaves creusaient la fosse. Les
chants recommencèrent quand elle fut achevée.
« O terre ! disaient les tartares, reçois ce dépôt
» sacré ! Ne permets qu'aucun animal vorace
» déchire ton sein pour s'en emparer: empresse-
» toi de consumer ces restes précieux, afin de
» les mettre hors de toute atteinte. » Alors
Moukbé arracha le voile qui couvrait la face
décolorée de la fille de Taibéo, en signe de ce
que son mariage était dissous. En même temps
Idbé se jeta sur le corps, en s'écriant : « Le
» voilà donc arrivé l'instant de la séparation !....
» O Kernilla, je ne te verrai plus ! ton corps
» inanimé va même m'être ravi !..... Ah ! si la
» mort que j'appelle pouvait m'atteindre, au
» moins nos cendres seraient jointes pour jamais !
» la même terre nous couvrirait tous les deux :
» mais vain désir, il me faudra supporter en-
» core la vie. Quel tourment ! Je le croyais
» moins cruel, lorsqu'il était encore dans l'a-
» venir !.... Oh ! combien j'avais besoin de plus
» de courage !..... » Ses sanglots lui coupèrent
la parole. L'on saisit ce moment pour lui arra-
cher la dépouille de Kernilla, que l'on descen-
dit dans la fosse. Nous plaçâmes une grande

pierre sur la terre fraichement remuée, et je
plantai, du côté du levant, l'arbre de la mort.
Les esclaves jetèrent des fleurs sur la tombe,
ensuite nous reprimes tristement le chemin de
nos huttes, pendant que les tartares chantaient
les adieux à l'ombre de Kernilla.

Les premiers jours des larmes passés, Idbé vint
dans ma tente et me parla ainsi : « Il faut rem-
» plir les intentions de Kernilla : viens que je te
» livre tout ce qui lui a appartenu, et qu'elle
» t'a donné. » Ah! lui dis—je, pourquoi te
presses-tu de remplir ce devoir? Ne fais-tu pas
revivre ta douleur ? « Hélas! oui, ajouta Idbé ;
» mais il vaut mieux nous occuper de ce soin
» à présent, que d'attendre que le temps ait
» calmé la peine de la séparation; il serait bien
» plus douloureux alors de la réveiller ! » Je
m'acheminai donc avec lui vers la cabane de
Kernilla. Il baisa le seuil de la porte avant d'y
entrer. « Tout ce qui est ici est à toi : voilà
» les diamans de ma sœur, voilà ses bijoux. »
Et successivement il me présenta tout ce qui
avait été à elle. Ensuite il me dit : « Quant à
» ses esclaves, tu sais qu'elle les a rendus libres?»
Je lui répondis que je ne l'ignorais pas, qu'elle
avait bien assez fait pour moi.

Nous nous occupâmes de faire transporter
hors de la hutte de Kernilla tout ce qui était
devenu ma propriété, ce que nous ne fîmes pas
sans répandre bien des larmes. Après, selon
l'usage tartare, il prit une torche et mit le feu
à la cabane, qui fut consumée à l'instant.
« Je te salue, s'écria Idbé, je te salue pour la
» dernière fois, demeure où j'ai conduit ma
» sœur le jour de son mariage, demeure qu'elle
» n'a quittée qu'à la mort! O Kernilla!.... »
Ses sanglots faisaient retentir la vallée. Je m'empressai de l'éloigner de ces cendres. « Je te re-
» mercie, me dit-il, toi dont les soins affec-
» tueux me consolent ; je te remercie et te jure
» une reconnaissance éternelle. »

Cependant le fils de Taibéo prit la résolution
de retourner dans le pays des Barabintzes : il
ne voulait pas continuer à nourrir sa douleur
par la vue des lieux où reposaient les cendres
de sa sœur bien-aimée. D'ailleurs, il ne portait
aucune affection à son beau-frère : tous les
liens qui les unissaient étaient rompus. Quant
à moi, je soupirais pour ma patrie : mon désir
unique était de rentrer dans son sein, ou du
moins de me rapprocher d'elle. Rien ne me re-
tenait plus dans le Step, puisque le bon Idbé

n'y demeurait encore que par amitié pour ma
famille. Je résolus donc de traverser le désert,
afin de m'avancer vers les frontières de la Russie.
J'espérais que les circonstances auraient changé,
pendant le long séjour que j'avais fait au pied
des monts Ourals. Si j'étais trompé dans mon
attente, je me proposais de m'établir, avec la
petite horde dont je me trouvais le chef, au
milieu de la contrée qui me paraîtrait la plus
propice pour y former un campement à la façon des Tartares.

Idbé goûta mon projet, et voulut y coopérer,
en m'accompagnant vers les confins de la Tartarie russienne. Il avait trop de bon sens pour
ne pas sentir qu'il eût été contre toute conve-
nance de m'engager à le suivre jusque sous les
tentes de son père, dans le voisinage de la Chine;
car c'eût été rendre mon retour en Europe presque impossible. De mon côté, je ne voulus pas
me servir de l'ascendant que j'avais sur lui
pour l'obliger à s'attacher à ma fortune, je
jugeais qu'il était, aussi bien que moi, entraîné
par le penchant de son cœur vers le toit pa-
ternel.

Notre départ s'effectua quinze jours après la
mort de Kernilla. Moukbé joignit quelques pré-

sens à ceux dont m'avait enrichi son épouse, pour servir de gages à l'amitié qu'il prétendait nous avoir vouée. Quant à son beau-frère, il le vit s'éloigner avec la plus grande froideur.

Nous effectuâmes notre voyage au milieu du Step, sans faire aucune mauvaise rencontre. Je ne vous fatiguerai donc point par les détails de notre marche, puisqu'elle ne vous offrirait aucun intérêt, je me contenterai de vous dire que le vingt-huitième jour, vers le soir, nous arrivâmes sur les terres des Russes. Idbé nous fit alors ses adieux. Nous versâmes beaucoup de larmes sur cette séparation, qui devait avoir lieu le jour suivant, de grand matin. Je puis attester que j'éprouvai en ce moment une douleur supérieure à toutes celles que j'aie jamais ressenties.

J'aurais voulu encore, le lendemain, saluer Idbé avant son départ ; mais malgré que je me fusse levé de bonne heure, l'aurore me fit voir, dans le lointain, le long de l'Irtiche (1), l'arrière-garde de la horde. Idbé, dès le soir, avait commencé à faire défiler ses gens. La veille,

---

(1) Fleuve de la Tartarie russe.

lorsqu'il me parlait encore, une partie de la caravane était déjà en route.

Je réveillai Aessa, afin d'arriver de bonne heure
à Ichemskoi, ville située à huit ou dix werts du
lieu où nous avions passé la nuit : nous partî-
mes peu de temps après, et nous y entrâmes
vers midi. Mon épouse, qui n'avait jamais vu
d'habitations à l'européenne, ne pouvait se lasser
d'admirer Ichemskoi : quoique ce ne soit qu'une
grosse bourgade, elle a un fort et un gouverneur
pour le château ; je demandai à être introduit
auprès de lui.

C'était un homme grossier, d'une figure ré-
barbative. Il n'entendait pas le français ; et
quoiqu'au milieu des Tartares, il ne savait pas
leur langue. Je ne voulus cependant pas me
servir d'un interprète, dont l'air était si stupide,
que je craignais qu'il ne pût jamais rendre au
gouverneur ce que je lui dirais. Je tâchai donc
de me faire entendre de lui en russe, que j'a-
vais presque tout-à-fait oublié, au point que le
gouverneur me comprenant à peine, distinguant
seulement les mots de Tartares du Step et de
Tobolsk, sans vouloir m'écouter plus long-
temps, et trompé par mon costume, me prit
pour un envoyé de quelques peuplades du dé-

sert vers le gouverneur de Sibérie ; il crut que
je lui demandais seulement une escorte jusqu'à
Tobolsk, et donna à cet effet ses ordres sur le
champ.

Quoique mon dessein eût été de demeurer
quelques jours à Ichemskoï, pour me reposer
de la fatigue de mon voyage, il fallut partir à
l'instant avec vingt-cinq soldats qu'on me donna
pour m'accompagner à Tobolsk, tandis que je
voulais seulement m'informer au gouverneur,
si l'on n'attendait pas quelques caravanes de
commerce, revenant de la Chine ou de la
Tartarie, avec laquelle j'aurais pu me rendre à Tobolsk, et, de-là, dans l'intérieur de la
Russie. J'aurais désiré en même temps, si le
gouverneur eût été un homme instruit, savoir de
lui quelque chose de l'état de l'Europe, dont je
n'avais pas eu de nouvelles depuis treize ans, puisque nous étions au commencement de 1806, et
que j'avais pénétré dans la Tartarie en 1793 ; car
mon impatience ne me permettait pas d'attendre que je fusse arrivé à Tobolsk, pour entendre
parler de la France. Je pensais d'ailleurs que j'aurais intéressé cet homme en ma faveur : n'y
ayant pas réussi, je me résolus à suivre le torrent qui m'entraînait.

'Je fis réflexion, après être parti (ce qui ren-
dait ma pensée inutile), que le gouverneur de
Tobolsk ne serait peut-être pas traitable, et qu'il
me demanderait de quel droit je m'étais fait accompagner de vingt-cinq soldats de la garnison
d'Ichemskoi. Ma réponse devait lui paraître sus-
pecte, car il n'était pas probable que , n'ayant
pu me faire entendre, j'eusse agi avec assez
de légéreté pour prendre mon parti gaiment,
sans chercher à m'expliquer par le moyen de
l'interprète tartare ou de toute autre personne.
J'avais assurément tort; mais il est vrai que la
manière dont le gouverneur d'Ichemskoi me re-
çut, était bien propre à autoriser la détermination
que je pris. En effet, en me voyant il s'était
écrié: « Un Tartare! faites venir l'interprète? » Il
vint. Cependant j'adressai au gouverneur quelques mots en français : « Je n'entends pas
» la langue tartare, ajouta-t-il, servez-vous
» de cet homme. » Je me pris à rire, car
j'entendais assez le russe pour remarquer son
quiproquo. Il parut choqué de ce que je riais,
et n'osa pourtant pas se fâcher, parce qu'à la
richesse de mon habillement il m'avait pris pour
un chef de horde. Ce que je lui dis alors en
mauvais russe, le fixa dans son opinion. Je lu

K

dis donc : « Monsieur, je viens du Step, je vais
à Tobolsk ; et comme je ne voudrais pas faire
» cette route seul, je vous prierais de...... »
, J'entends, interrompit-il. « J'ai ordre de pro-
» téger les envoyés tartares, vous allez avoir à
», l'instant un détachement de la garnison pour-
» vous accompagner. » Je me mis à rire plus
fort qu'auparavant. « Mais, dit-il, ce tar-
» tare..... Et s'adressant à moi : je vous con-
» seille de ne pas ainsi rire au nez du gouver-
» neur de Sibérie, cela nuirait à votre mission. »
Je crus que j'étoufferais : il ne me donna plus
le temps de parler, et sortit, en ordonnant à un
capitaine de me conduire avec vingt-cinq hommes jusqu'au poste suivant ; il grommelait entre
ses dents : « Ce sont de singulières gens que ces
» tartares ! Si je n'avais ordre de les mé-
» nager !...... » Le capitaine s'empara alors de
moi et de ma petite caravane, qui m'attendait
dans la première cour, et prit de suite, avec
nous, la route de la capitale de la Sibérie.

Le soir nous arrivâmes très-tard à Bérésovs-
koï, village défendu par un mauvais fort. On
me présenta au commandant, parce qu'il devait
fournir une escorte pareille à celle qui nous avait
conduit jusque-là, celle-ci allant reprendre la

route d'Ichemskoi. Ce commandant, ainsi que
les autres russes que nous avions rencontrés,
faisait partie du corps de troupes envoyées depuis
peu en Tartarie, pour relever les anciennes garnisons. Ignorant comme eux la langue du pays,
il demandait un interprète : je ne me pressai
pas de lui parler en russe, parce que je ne savais
que lui dire, ayant résolu de ne m'exposer à
révéler la vérité qu'au gouverneur de Tobolsk,
que je supposais devoir être un seigneur à qui
je pourrais plus facilement faire entendre mes
raisons.

Cependant le capitaine d'Ichemskoi s'empressa
d'instruire le commandant du poste de ce qu'il
croyait que j'étais. Celui-ci, sans en demander
davantage, me fit donner un logement dans
le château ; il recommanda que je fusse bien
traité, ainsi que les personnes de ma suite,
et que l'on tint prête la garde qui devait
nous conduire à Tobolsk, où nous arrivâmes vers le soir du lendemain. Cette ville fut
un nouveau sujet de surprise pour mon épouse
et mes enfans, car elle est grande, bien peuplée et fort commerçante : c'est l'entrepôt de
tout le commerce de la Russie avec la Chine
et la Tartarie. La foule se précipitait sur nos

pas. J'entendais dire de toutes parts : « C'est un
ambassadeur tartare. » Ce qui ne laissait pas
de me faire perdre contenance. Notre escorte
était double, le capitaine qui se trouva au corps-
de-garde de la porte ayant jugé à propos de
détacher vingt-cinq soldats , qui, se joignant
aux premiers, nous accompagnèrent jusqu'au
palais du gouverneur, où je demandai à être
conduit sur le champ. L'on me fit attendre quelques instans dans une antichambre, pour donner le temps au gouverneur de se préparer à me
recevoir. A la fin on m'introduisit, avec mon
épouse et mes enfans, que je m'obstinai à ne
vouloir pas quitter. Je fus frappé de l'air de
noblesse du jeune seigneur à qui l'on me présentait : son abord me rassura entièrement.
Pendant ce temps , un interprète m'adressant la parole, s'informa du sujet qui m'a-
vait fait demander audience avec tant de précipitation. Je répondis , au gouverneur lui-
même, et en français (il entendait très-bien
cette langue, comme je m'en étais douté) :
Qu'une méprise du commandant d'Ichemskoi
me faisait passer pour un envoyé tartare. Je
lui expliquai comment j'avais été presque forcé
d'accepter les soldats qu'il m'avait donnés ; et

j'ajoutai que je m'étais fait présenter à l'instant
à lui, pour faire cesser mes appréhensions,
causées par la pensée que j'avais eu l'imprudence de me laisser rendre des honneurs que
l'on ne doit pas aux simples particuliers. Je
finis en disant que sa présence m'avait tranquil-
lisé, parce que j'étais persuadé qu'il n'enten-
drait pas sans intérêt le récit de mes aventures,
et qu'il serait porté à excuser une faute involontaire, qui avait déplacé quelques soldats des
garnisons d'Ichemskoi et de Bérésovskoi.

Le gouverneur me rassura avec bonté, et
désira me connaître : je satisfis sa curiosité. Il
daigna me dire que je serais logé, ainsi que
ma famille, dans son palais, jusqu'à l'arrivée
d'un savant, qui était attendu à Tobolsk, revenant de la grande Tartarie, où il était allé,
à la suite de l'ambassadeur russe à la Chine,
et que diverses raisons particulières avaient empêché de continuer à suivre l'ambassade jusqu'à
Pékin. Je pouvais, me dit-il, profiter de cette
occasion pour revenir en Europe. Je pris congé
de lui sans oser lui demander d'autres éclaircis-
semens, que je ne pus me procurer des soldats
russes, pour la plupart de la plus grande ignorance, ainsi que du peuple, qui à peine connais-
sait la France de nom.

J'attendis avec une grande impatience l'arrivée du savant qui devait me ramener ; il pouvait
d'autant mieux m'instruire , qu'il n'y avait pas
plus de deux mois qu'il avait quitté Pétersbourg.
Il arriva la seconde journée de mon séjour à Tobolsk. Je ne pus d'abord lui parler. Les gens de
sa suite me dirent qu'il se nommait M. de ***

Il était très-savant astronome. Son intention
avait été d'aller faire des observations sur les confins de la Tartarie et dans la Chine. Pour y pénétrer, il demanda à faire partie de la suite de
l'ambassadeur russe. Son dessein éprouva beaucoup de difficultés : il n'obtint cette faveur que
quelque temps après le départ de l'ambassade.
Alors il s'empressa de partir , avec l'espoir de
l'atteindre sur les frontières de la Tartarie chi-
noise ; mais un accident qui lui arriva , en ren-
dant son voyage inutile pour le but qu'il s'était
proposé, l'obligea de s'en retourner.

Je n'eus la liberté d'entretenir M. de *** que
le lendemain de son arrivée. J'employai le jour
précédent à mettre en ordre le mémorial des événemens de ma vie. Vers le soir, Aéssa vint me
proposer de rendre à Dieu de solennelles actions
de grace : je m'acquittai de ce devoir avec piété,
car mon cœur s'était ouvert pour toujours aux
sentimens religieux, depuis l'instant fortuné où

je fus rappelé à la vérité par ma compagne chérie.
Je n'interrogeai point M. de *** sur les affaires
de l'Europe, je le priai seulement de me dire si
la Russie était en bonne intelligence avec la
France. Il me répondit que la guerre entre ces
deux puissances venait de se terminer, et qu'il
y avait lieu de croire que des arrangemens résul-
teraient de cette campagne. Croyant qu'il s'agissait encore de la première guerre qui se projetait lors de mon départ de Kasan, je remis
à une autre fois à lui demander de plus amples
détails, soit afin d'avoir le temps d'affermir mon
ame contre les secousses violentes que j'appré-
hendais d'éprouver à ce récit, soit par timidité;
car M. de ***, par son savoir prodigieux, est
fait pour déconcerter les personnes qui lui par-
lent.

Après lui avoir raconté la longue histoire de
mes disgraces (ce que je fis en français, ce savant parlant très-bien cette langue), il s'informa
si mon épouse avait reçu de moi des notions de
christianisme. Je lui répondis qu'Aessa m'avait
au contraire ramené à la foi qu'elle tenait de son
père, français qui s'était établi dans le désert
de Chamo. En quel lieu, me dit-il? à Sertem,
répondis-je. « Sertem! reprit M. de ***, il serait

» singulier que votre épouse connût une tartare
» que j'ai recueillie à Narym, qui est de ce lieu :
» elle sait même un peu le français. » Je fis
part à Aessa de ce que me disait M. de ***.
Dieu ! s'écria-t-elle, « une femme tartare, de
» Sertem, qui sait le français !..... » Un trem-
blement terrible la saisit. « Ce ne peut être
» que..... ; mais je n'ose le croire ! » Elle oublia
que M. de *** ne l'entendait pas, et lui dit avec
vivacité : « Ah ! dépeins – moi cette personne :
» c'est peut-être ma mère ! » Je dis à M. de ***,
qui paraissait étonné de son émotion, que
mon épouse lui demandait à voir cette femme,
parce qu'elle conjecturait que ce pourrait bien
être sa mère, à qui on l'avait ravie à l'âge
de onze ans. « Serait-il possible ? répondit M.
» de *** ; mais nous pouvons nous en éclaircir
» à l'instant, elle est dans ce palais. » En disant ces paroles, M. de *** s'était levé ; je le
suivais en silence. Aessa, dans un état violent,
marchait sur nos pas.

Quand nous arrivâmes à l'appartement de la
vieille tartare, M. de *** s'arrêta, et me con-
seilla de ne pas faire entrer mon épouse, qui,
ainsi que sa mère (si c'était elle), ne pourraient peut-être supporter une pareille entrevue
sans ménagement.

J'exigeai donc d'Aessa qu'elle demeurât dans le vestibule jusqu'à ce que je vinsse la chercher : j'entrai avec M. de *** et ma fille Marie, qui ressemblait beaucoup à sa mère. La tartare se chauffait alors auprès d'un poêle : elle se leva dès qu'elle nous vit. M. de *** lui dit en français qu'il lui amenait un compatriote de son mari. Elle répondit : « De mon mari ! mais je ne vous ai » pas appris, généreux Russe, de quelle nation » il était ? » Qui vous a instruit ?..... Ce sera « elle ! ajouta M. de ***. « N'est-ce point M. » Delaville ? » Ah ! mon Dieu, vous l'avez » connu ? » reprit-elle, en se mettant à ge- noux , et continua pendant que M. de *** s'écriait : c'est elle ! c'est elle ! Quel heureux hasard !..... « Comment avez-vous deviné que » c'était moi ? » (Pour parler avec promptitude, elle s'exprimait en tartare). Car lorsque ce » noble Russe a paru étonné que je parlasse le » français, je lui ai dit l'avoir appris de quel- » qu'un de ce pays, sans le désigner je ne sais » trop pourquoi, puisqu'en me faisant connaî- » tre, j'avais un espoir plus certain de trouver » un protecteur. » Alors elle s'aperçut qu'elle ne parlait plus français, et reprit dans cette langue : « dites-moi donc comment vous m'avez con-

» nue?» Je lui répondis en tartare : j'ai habité
le Step pendant long-temps. « Le Step, ô Ciel !
» s'écria-t-elle. » Je poursuivis : j'y ai su que
l'épouse de Delaville s'était vue ravir sa fille....
Elle m'interrompit : « Vous avez donc connu ses
ravisseurs? » Je l'ai connue elle-même, lui dis-
je, et..... « Ma fille! Ah ! grand Dieu! » Je
crus qu'elle allait s'évanouir. « Vit-elle encore?»
Je repris : écoutez-moi tranquillement : diverses
circonstances m'ont rendu l'époux d'Aessa.....
« D'Aessa! » criait-elle avec force. Et M. de ***
pleurait, quoiqu'il ne nous comprît pas. J'ajoutai, oui, elle m'a rendu père de plusieurs enfans :
voyez si celui-ci lui ressemble? Elle fixa alors
ma fille , et , la prenant entre ses bras avec
transport, s'écria : « c'est bien elle ! Mais ma
» fille, qu'est-elle devenue ? » Calmez-vous,
lui dis-je, Aessa vous sera rendue. J'ai quitté
le Step , et j'ai rencontré M. de ***, à qui j'ai
raconté les aventures qui m'avaient conduit dans
le désert; je lui ai parlé du lieu de la naissance
de mon épouse, il s'est rappelé que vous lui
aviez dit être née à Sertem : voilà ce qui nous
a fait penser que vous pourriez bien être l'épouse
de Delaville. « Ah! dit-elle, où avez-vous laissé
» mon Aessa? pourquoi l'avez-vous quittée ?...»

Je lui répondis : je n'ai point quitté mon
épouse ; si vous en aviez la force, à l'instant
même vous la verriez. « Vous me redonnez la vie.
« Que je la voie, ne craignez rien. » Alors je
m'avançai vers la porte, tandis que M. de ***
la soutenait, car malgré sa résolution elle se
sentait défaillir.

Je trouvai Aessa dans une anxiété mortelle. Je
lui adressai ces mots : Aessa, pourras-tu supporter la vue de ta mère? Dans l'excès de sa joie, elle
s'élance, me renverse, et vole dans les bras de Tarella ! (C'est le nom de la mère de mon épouse.)
M. de *** considérait ce tableau touchant, qui
faillit à se terminer d'une manière funeste. Le
premier moment de félicité avait donné de la
force à leurs cœurs, qui se dilatèrent au milieu
des embrassemens. Aessa et sa mère perdirent
connaissance : nous ne parvînmes qu'avec peine
à les rappeler à la vie.

M de *** était au comble de la joie, d'avoir
contribué à cet heureux rapprochement. En
nous quittant, il nous témoigna le désir d'apprendre les événemens qui avaient conservé cette
femme au milieu du désert ; car pendant que
nous donnions des soins à Tarella ainsi qu'à sa
fille, je lui avais raconté succinctement l'enlève-

ment de mon Aessa, et l'abandonnement de sa
mère : je lui promis de lui en faire part aussitôt
que j'en serais instruit.

L'épouse de Delaville est une femme de qua-
rante-six ans ; elle a été fort belle. Ses traits
n'ont rien de la difformité de ceux des tartares,
et se sont parfaitement conservés. Les ridès qui
couvrent son front sont plutôt l'effet de ses
malheurs que de son âge. Delaville avait agi envers elle, comme moi à l'égard d'Aessa ; il avait,
autant qu'il était en lui, donné à son épouse des
connaissances, et orné son esprit ; de plus, il lui
avait appris la langue française.

Je vais vous transmettre le récit que cette
malheureuse personne nous fit dès que nous
fûmes seuls.

Histoire de Mme. Delaville.

Mes enfans, dit-elle, lorsque je fus abandonnée dans les sables d'Abi, au sein du désert du
Step, par les tartares qui me ravirent Aessa,
la crainte de la mort vint se joindre à la douleur
de perdre ma fille. J'étais sans force, assise au
milieu des cadavres de mes esclaves, qui avaient

tous été massacrés. Je tournais encore mes regards vers la horde barbare, que le soleil me
faisait voir dans l'horizon. J'appelais ma fille,
mais en vain! ma voix se perdait dans l'immense solitude. La faim commençait à me
presser.

Je m'aperçus que la charge d'un de nos chevaux était tombée et sortie de la valise : les
tartares avaient dédaigné de ramasser ces provisions, je les rassemblai et en remplis mon
voile. Lorsque j'eus un peu réparé ma faiblesse,
je fis quelques pas vers les barbares, que je
n'avais pas encore perdu de vue, espérant de
les joindre à la faveur de leur campement de
nuit (quoiqu'après m'avoir repoussée avec violence quand j'avais voulu les suivre, ils m'eussent laissée évanouie); mais ce fut inutile-
ment. Je n'avais pas fait trente pas, qu'une
frayeur horrible s'empara de moi. Je cou-
rus de toutes mes forces au lieu où gissaient
mes gens, comme si quelques corps morts pouvaient me protéger. Bientôt les oiseaux de proie,
sans s'effrayer de ma présence, déchirèrent sous
mes yeux les restes de mes compagnons d'in-
fortune. Cependant l'odeur de ces affreux lam-
beaux, que je n'osais quitter, était devenue

L

suffocante. Je vivais depuis trois jours des
provisions que la Providence avait permis que je
trouvasse, parmi lesquelles étaient quelques fruits
frais qui avaient calmé ma soif, car je ne pouvais l'appaiser par une seule goutte d'eau ; mais
ce secours me manquait. Je voyais la mort
prête à m'atteindre, lorsque j'aurais disputé aux
oiseaux voraces les chairs odieuses qui étaient
ma terrible et dernière ressource. Enfin, le qua-
trième jour, hors de moi, brûlée par la chaleur,
dont rien ne pouvait me mettre à l'abri, je me
prosternai la face contre terre, et je priai Dieu
avec ferveur, que s'il ne daignait pas me secourir, il voulût du moins m'ôter tout d'un coup
la vie, avant que l'horrible souffrance de la faim
fût venue me consumer.

Depuis plus de deux heures j'étais dans cette
position ; alors j'entendis quelque bruit : je m'i-
maginai tout de suite que le dernier de mes
vœux était exaucé, sans espérer que le premier
pût l'être. Je me figurai que quelques bêtes
sauvages s'avançaient pour me dévorer. Il existe,
je crois, un état toujours pire à celui où on se
trouve ; car malgré toutes mes résolutions, ma
peur fut telle, qu'elle faillit à produire l'effet
que je désirais, en me faisant rendre le dernier

soupir. J'enfonçais autant que je pouvais ma
tête dans le sable, m'attendant à recevoir les
atteintes d'une dent ou d'une griffe meurtrière,
quand après un assez court espace, je me sentis
relever doucement. Je vis une grande troupe de
tartares, dont cinq ou six s'étaient approchés
de moi : ils avaient une figure fort pacifique,
et paraissaient seulement étonnés de me trouver
entourée de tant d'objets d'horreur. Je m'empressai, dès que je vis qu'ils avaient l'air com-
patissant, de leur raconter mon histoire, qui
les émut effectivement.

L'un d'eux, homme d'un âge respectable,
me dit : « Ma fille, nous sommes des envoyés
» du grand Kan des États, vers quelques peu-
» plades de ces contrées. Viens avec nous,
» nous t'aiderons à quitter l'Abi; après, puis-
» que tu désires gagner la Tartarie russienne,
» il te sera facile, avec les secours que nous te
» donnerons, de traverser le Step de peuple en
» peuple pour t'y rendre. »

J'acceptai leur proposition, qui me sau-
vait. Après m'avoir fait prendre quelque nourriture, je fus placée sur un chameau, et l'on
se mit en marche vers l'Ouest, malheureusement; car s'ils fussent allés vers le midi, et

que nous eussions rencontré les tartares qui
m'avaient enlevé Aessa; certainement je les aurais reconnus, et le crédit des personnes qui
m'accompagnaient, ou la crainte (la troupe
barbare étant moins nombreuse que celle des
envoyés du grand Kan), m'auraient fait rendre
ma fille; mais cela n'entrait pas dans les desseins du Ciel!

Je cheminai donc plusieurs jours, traitée par
eux avec la plus grande bonté. Les soins du
chef de l'ambassade, surtout, étaient des plus
affectueux; j'aurais même pu les prendre pour
de l'amour, si je n'avais pas été convaincue que
mes traits n'étaient pas de nature à inspirer un
pareil sentiment aux tartares, quoique Delaville des eût trouvés fort beaux, parce qu'ils
n'étaient pas semblables à ceux des autres femmes, mes compatriotes. C'est sans doute ce qui
empêcha que la horde tartare qui me pilla ne
m'amenât avec Aessa, que l'on ne prit qu'à raison de sa grande jeunesse.

Enfin nous eûmes traversé l'Abi, et nous nous
trouvâmes au milieu d'une peuplade, où les envoyés s'acquittèrent de leur mission. Avant de partir, Edmio, le chef aimable dont j'ai parlé, fit, venir celui de cette horde, et lui dit en ma présence:

« Nidal, chef des Eruks, je te confie, au nom
« du grand Kan, cette jeune femme; elle veut
« se rendre chez les Russes : je ne peux la gar-
« der plus long-temps avec moi, parce que mon
« chemin est vers l'Occident. Qu'elle reste chez
« vous autant de temps qu'elle voudra, et lors-
« qu'elle s'acheminera du côté du Nord, fais-la
« conduire à la horde voisine, avec la même
« recommandation de la part du grand Kan des
« Eluts. » Nidal s'inclina pour toute réponse :
Edmio, tranquille sur mon sort, partit, après
m'avoir fait de riches présens. Ce généreux seigneur emporta toute ma reconnaissance, car il
voulait mon bonheur.

Après avoir demeuré quelques mois chez les
Eruks, je leur demandai la permission de partir;
ils y consentirent à regret, Nidal m'ayant accordé
son amitié. Je m'éloignai cependant, sous l'escorte des tartares, et je fus reçue partout avec
les égards dûs à la recommandation d'Edmio.
Je parcourus ainsi le Step fort lentement, et j'arrivai enfin à Zeliczenskaïa, bourgade russe sur les
bords de l'Irtiche.

C'est-là qu'il m'arriva un malheur que j'étais
loin d'appréhender. J'étais logée chez un scélérat
nommé Atdow. Ce malheureux, observant que

je n'entendais pas le russe , et certain que l'idiome tartare dont je me servais n'était pas connu
dans cette ville, s'empara avec violence de mes diamans et de mes autres effets ; ensuite il me chassa
sans pitié au milieu de la nuit ; me menaçant
par les gestes les plus affreux , pour m'obliger à
quitter ce lieu sans essayer de me plaindre.

En effet , je serais difficilement parvenue à
me faire comprendre des habitans de Zeliczenskaïa : personne n'y a la moindre connaissance de
la langue française ; certainement, avant que
j'eusse pu m'expliquer , j'aurais été prévenue
par Atdow, qui n'aurait pas manqué de m'ac-
cuser de quelques délits imaginaires, afin de m'at-
tirer la disgrace du magistrat dont j'aurais voulu
implorer le secours. Cette réflexion m'engagea
à me résigner , et je le fis sans murmure.

Le lendemain je fus réclamer de porte en porte
quelques aumônes, pour me mettre en état d'en-
treprendre le voyage de Narym , ville russe où
j'espérais trouver les moyens de subvenir à mon
existence par le travail ou la servitude. J'avais
dix-sept copecks, j'en recueillis huit autres de
la charité des Russes : avec ces faibles moyens
je partis.

J'arrivai sans accident à Narym , après dix-

huit jours de marche. Là, un Pope, qui parlait
le français, me recueillit. Ce bon ecclésiastique,
intéressé par le récit de mes malheurs, me plaça
comme domestique à gages chez un de ses ne-
veux. J'ai servi cet honnête homme pendant
onze ans, jusqu'au jour où je rencontrai M.
de ***, qui eut la bonté, d'après la recommandation de mes maîtres, de me promettre sa protection. Je l'ai suivi jusqu'ici, parce qu'il m'a-
vait donné l'espérance que j'y serais soignée à
ses frais, jusqu'à ce qu'il eût reçu une réponse
des parens de mon époux. Vous savez le reste :
jugez de l'étendue de mon bonheur !

———————

Aessa se précipita dans les bras de sa mère ;
je les serrai toutes les deux dans les miens. Voilà,
dis-je à Tarella, voilà la lettre de Delaville,
que votre fille m'avait confiée ; je vous la rends :
c'est une preuve de votre union avec lui ; vous
devez la garder soigneusement. Elle saisit avec
transport les caractères de la main de son mari.
Dieu ! dit-elle, vous ne m'avez jamais abandonnée ! Alors Aessa lui montra la croix de bois,
qui, dans ses mains innocentes, avait fait une
si grande impression sur mon ame. Elle la baisa

avec transport. Delaville l'avait autrefois taillée
pour son usage ; et dans sa confiance en son
Dieu, Tarella s'en était séparée en faveur de sa
fille, afin qu'elle fût pour elle une sorte de sauvegarde. La Providence avait bien justifié sa
piété.

M. de ***, impatient de connaître l'histoire de
la mère d'Aessa, ne tarda pas à nous joindre.
Je lui transmis le récit qu'elle m'en avait fait.
Il l'intéressa vivement. Alors il me fit l'offre de
s'employer utilement en ma faveur, si je me
fixais en Russie. Je remerciai M. de ***, et me
hasardai de lui dire que j'étais résolu, si rien ne s'y
opposait, à me rendre dans ma patrie, et que je
le priais de me dire si je pouvais le faire avec
sûreté. « Rien, dit-il, ne vous en empêche. »
Mais, Monsieur, lui dis-je, l'ordre est-il rétabli
en France? « Assurément, répondit-il, depuis
» long-temps on y est revenu aux principes
» dont on n'aurait jamais dû s'écarter. Je ne
» m'occuperais cependant qu'avec peine du soin
» de vous procurer les passeports nécessaires pour
» y retourner, si je ne conservais l'espérance de
» vous revoir à Paris, où je suis dans l'intention
» de me rendre aussitôt que la bonne harmonie
» sera rétablie entre les cours de France et de

» Russie ; ce que je crois d'autant plus prochain,
» que l'influence de l'Empereur des Français sur
» l'Europe semble avoir été bien décidée par la
» dernière campagne. »

Je ne fus plus le maître de ma curiosité. Je
dis à M. de *** : Monsieur, depuis treize ans
que je suis éloigné de l'Europe, je n'ai encore
rien su de sa situation que ce que vous m'en
avez appris : pardonnez donc si je prends la liberté
de vous faire quelques questions sur les chan-
gemens que je m'aperçois qui s'y sont opérés.
Quel est, je vous prie, le souverain qui me paraît régner sur les Français, d'après ce que vous
venez de m'apprendre ?

« Monsieur, me répondit-il, vous avez eu
» tort de ne pas me demander plutôt le récit de
» ces grandes choses, qui remplissent l'Univers
» d'admiration. Je vous l'aurais fait avec d'au-
» tant plus de plaisir, que je ne parle jamais
» qu'avec ravissement du héros qui a ramené
» la première nation du monde à la lumière de
» la raison, et dont la main puissante a relevé
» les autels de Dieu. »

Ensuite M. de *** me fit le précis des événemens de cette époque glorieuse. Je vis mes vœux
exaucés ! Je bénis le Ciel de ce qu'il avait pro-

tégé la France, malgré ses erreurs et ses crimes.
M. de *** m'assura qu'il partageait mes sentimens: en effet, ce savant, né dans la Pologne,
avait à peu près les mêmes opinions que moi.

Cependant nous quittâmes Tobolsk. Partout
nous fixâmes l'attention; car nous avions conservé notre costume tartare: Aessa, surtout, at-
tirait tous les regards. Nous logeâmes, à Saint-
Pétersbourg, dans l'hôtel de M. de ***, qui est
assez beau. En général la ville impériale de Russie est bien bâtie. L'Empereur a deux palais magnifiques; un pour l'hiver et l'autre pour l'été.
Celui de la Toride, bâti par Paul 1er, est très-
beau; mais le goût n'en est pas moderne, et les
ornemens en sont massifs.

Il y a à Pétersbourg une citadelle, un obser-
vatoire et un jardin des plantes. Sa situation, à
l'embouchure de la Néva, la rend très-com-
merçante; elle est peuplée de près de trois cent
mille habitans, qui y professent leur religion,
quelle qu'elle soit, avec liberté. Cette ville serait très-agréable, malgré le froid excessif, si
elle n'était pas sujette aux inondations, qui y
empêchent quelquefois la communication des
divers quartiers.

Nous ne demeurâmes qu'une quinzaine de

jours à Pétersbourg, afin d'obtenir les passeports
nécessaires pour revenir en France, où je brûlais
de me rendre. Lorsque nous partimes, nous re-
çûmes mille amitiés de M. de ***. M. R***, célèbre français, qui nous avait fait l'accueil le
plus brillant, nous témoigna aussi ses regrets
quand il nous quitta.

Nous fîmes la route de Pétersbourg à Paris
avec la plus grande promptitude. J'y obtins la
remise d'une grande partie de mes biens, qui
étaient restés invendus ; et de suite je suis venu
m'établir dans cette terre, où, depuis deux mois
que j'y habite, j'ai eu le plaisir de cultiver votre
connaissance. Je souhaite que le récit de mes
aventures, et les réflexions dont je l'ai entrecoupé
quelquefois, ne vous aient pas déplu. Je vous
prie d'excuser les négligences de mon style. Si
vous étiez tenté de mettre au jour mon histoire
(ce que vous êtes libre de faire), je compte sur
vous pour les faire disparaître.

Desrosier termina ainsi son histoire. Je me
suis empressé de l'écrire, en conservant, autant
que j'ai pu, ses propres expressions ; la naïveté
de sa narration m'ayant paru ajouter à l'intérêt
des événemens qu'il raconte.

Je finis en formant, ainsi que lui, le souhait

que cètte histoire puisse plaire aux lecteurs instruits ; et j'ose espérer que la variété, ainsi que la singularité des faits dont ces aventures sont semées, pourront être agréables à toutes les classes de la société.

FIN.